林 真理子

マリコ、カンレキ!

文藝春秋

目次

質問禁止事項

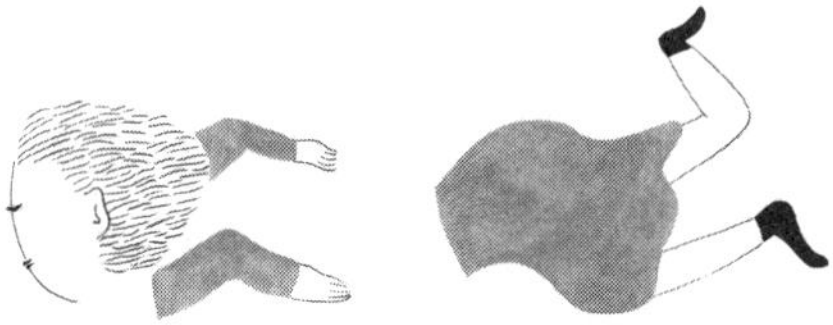

ほうだったのけ…？

やっぱり私は我慢できない

マリコ、カンレキ!

質問禁止事項

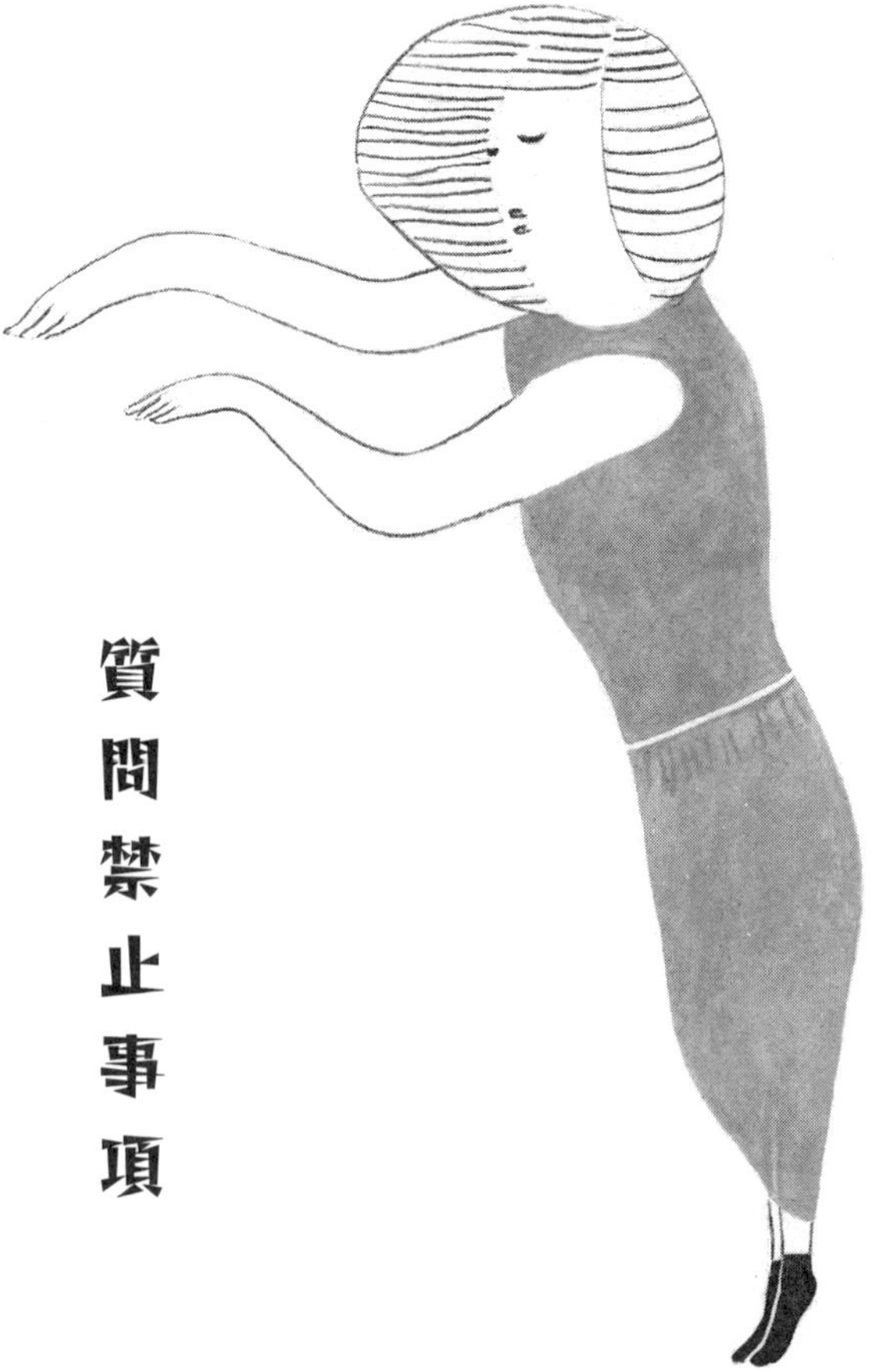

充《み》つる幸福

私はある週刊誌で対談のホステスをしている。毎週有名人や各分野の専門家とおめにかかる仕事だ。だから相手の方の訃報がニュースや新聞で流れると、しばらく心の中で手を合わせる。一度だけおめにかかり、ご葬儀に行くほどではないにしても、縁を持った相手だ。半日ぐらいは、その方のことを考えたり思い出したりする。

が、今回の「餃子の王将」の大東社長が射殺された事件はショックであった。十八年対談をやって、亡くなった方は四十人ぐらいいらっしゃるが、殺された方は初めてである。

大東社長とおめにかかったのは四年ぐらい前になるだろうか。いかにも苦労人の経営者といった感じの腰の低い方で、お話はとても面白かった。そして私に、

「お近づきのしるしです」

と、「餃子の王将」のお食事券をくださったのだ。断わっておくが、対談の相手の方からも

のをもらうことはめったにない。封筒の中をのぞいてみるとなんと五万円分の食事券である。私はものすごく気が大きくなり、親しい編集者に電話をかけた。

「『餃子の王将』で好きなだけご馳走してあげるからバイトの男の子を三、四人連れてきて。ただし、ものすごく食べるコじゃないとイヤだよ」

そしてうちからいちばん近い、下北沢の店で待ち合わせをした。七人でビールを飲み、餃子を何皿も頼み、料理をいっぱい注文してもとても使いきれるものではない。ものすごい豪遊をしても二万いくらだったと記憶している。私は残った食事券をバイトの大学生にプレゼントし、とても感謝されたのを憶えている。

その時の楽しかった思い出は続いていて、大東社長にはずっと好意を抱いていた。だから今度のことは本当にお気の毒でたまらない。同時にこの日本で、射殺などということが起きるようになったのだと驚いてしまう。

このことは他の人も感じたようで、殺された直後よりも、日を追うごとにニュースの扱いが大きくなっているようだ。社員に心から慕われる社長さんだったようで、「追悼餃子」がつくられ売れていると聞く。いつも以上のにぎわいを見せるお店もあったそうだ。

不謹慎な言い方かもしれないが、安価でおいしい店が、客でぎっしり埋まっているというのは、とてもいい光景である。おそらく大東社長もそれを見るのが大好きだったに違いない。

私がよく行く近所の洋食屋さんは、なかなか予約がとれない繁盛店だ。店の中は温かくおいしい空気に充ちていて、ほかほかのオムライスやメンチカツをおかみさんが運んできてくれる。そのおかみさんが丸顔の可愛らしい人で、本当においしそうな顔をしている。そこでビールや煮込みハンバーグ、サラダを次々とオーダーする時、本当に充ち足りた気持ちになる私である。

ところで私はかねてより飲茶《ヤムチャ》というものが大好きであった。軽食という意味だろうか、中国茶を飲みながら点心を食べる。

これを初めて食したのは三十年前、ニューヨークのチャイナタウンであった。広い店内を女性がカートを押してまわる。それを呼びとめて、

「小籠包《しょうろんぽう》ください」

「鶏の足の煮物ください」

とテーブルに置いてもらう楽しさ。珍しい料理もあり、デザートも何種類もあった。飲茶というのはなんとおいしく楽しいものだろうと感動したのであるが、日本で同じものを見たことがない。すべてメニューを見てオーダーするシステムである。

人に聞いたところによると、世界各地のチャイナタウンでも、あのカートを押す様式はすっかりすたれてしまったという。

「人手不足だし、売れ残ったらロスが大きいんじゃない」

ということであった。

だから香港で、聘珍樓《へいちんろう》の巨大飲茶店を見た時は度肝を抜かれた。体育館のような広さの店で、

満員の人たちがすごい喧騒の中で食事をしている。その合い間を多くのおばさんがカートを押して、ほかほかの料理を運んでいる。

しかもホールの中央には料理人たちがずらりと並び、オムレツを焼いてくれたり、熱々のおかゆをよそってくれたりするのだ。いつも満員で、待っている人たちが行列をつくっているが、店があまりにも広いので、すぐ座ることが出来る。地元の会社員やOLがお昼を食べにくることに加え、私たちのような観光客がバスでやってきたりもするのだ。

「あれは壮観ですよねー」

と、日本で聘珍樓のご主人におめにかかった時に言ったところ、こんなことを話してくれた。あんな昔風の飲茶スタイルを守っているのは、もう珍しい。他のところは真似したくても出来ないそうだ。

「あの店は全部座って千五百人で、一日二千人来ます。それだけの人が来るから、あんなカートが押せるんです。いいですか、ふかした饅頭やシューマイは、十分もたつともう味が落ちます。そうならないようにするには、十分でカートの料理を売り切らなきゃいけないんですよ。もし余ったら即棄てます。だからこそつくりたての点心をいつも出すことが出来るんです。こんなことをしているのは、世界中でこの規模はもう一つあるだけです」

私はこの店が大好きで、香港に行くと必ず寄る。料理のおいしさもさることながら、ここの胸のすくような光景を見るのが目的だ。人がものを一堂に会して食べるのはなんていいんだろうといつも思う。幸福をこんなにわかりやすい形にしてもらってありがとうと考える。大東社長にも見せたかった。いや、きっとご覧になっていただろう。店にいっぱい人がいて、ほかほかと料理から湯気が立っている。なんていいんだろう。冬だからこそ特にそう思う。

ぼやける顔

私のような仕事をしていると、

「信じられないような偶然」

がしょっちゅう起こる。いや、そういうことがしょっちゅう起こる人間なので、この仕事をしているのかもしれない。

いちばんすごい偶然がいっぱい起こったのが、原宿に住んでいた時代である。古いマンションに引越した時、不思議な感覚に陥った。

「ここに来たことはないけれども、ここに住んでいる人に昔会ったことがある……」

そう、その人はそのときこう言ったのだ。

「交差点を斜めにあがっていったところにある、大きな洋館の三軒隣り」

このマンションは、まさしくその人の住まいだったのである。

またこのマンションの近くには、姉妹でやっている大きなブティックがあった。そこのオーナーの女性の名前が店名になっている。

その頃私に、看護婦（当時）さんをめぐる医療シンポジウムに出てくれないかという依頼があった。

私は主催者に言った。

「看護婦さんの仕事をしないでは、ご苦労がよくわかりません。私に体験看護婦をさせてください」

もちろん本音はそんな殊勝なものではなく、コスプレ好きの私の願望だ。まことに失礼な話であるが、二十数年前のことだから許していただきたい。

〝見習い看護婦〟となった私は、都内の有名病院に三日ほど勤務することになり、まずは言われるままにお手伝い。患者さんをストレッチャーで運んだ。その時、見るともなしに名前を書いたプレートが目に入ってくる。その苗字は、うちの近所のブティックのオーナーと同じではないか。あとでナースルームで住所を確かめたらやはりその方であった。

すごい偶然に興奮した私。そこへ主催者の日本看護協会（だったと思う）の担当者がやってきた。私の勤務ぶりを心配してきてくれたのだ。

一応夜勤をすませた私は、着替えてランチを共にすることにした。お昼どきとあって近辺の店は満員だ。タクシーをとばして、某有名ホテルのコーヒーラウンジに向かった。椅子に座る

なり、

「ちょっと聞いてくださいよ。すっごい偶然があって……」

と口を開きかけたのであるが、なぜか私を制するものがあった。それは隣りの席のグループの男性の一人が、中年の女性に向かって、

「おたくの原宿のお店の坪数はどのくらいですか。広いですよね」

と尋ねたのを耳にしたからである。

「まさかあのうちの人だったりして……。しかしそんなはずは」

が、その女性は食事が終わって立ち上がる時、

「ハヤシさん、こんにちは。ご近所の○○です」

とあのブティックの名を口にするではないか。患者さんだった人の姉さんか、妹さんだったのである。私の人生のトラブルのほとんどは、筆よりも口がわざわいしている。もしあの時私が、あの患者さんのことをペラペラ喋っていたら、万事がゆるい当時であっても、

「シロウトに看護婦やらせて、しかも患者の秘密をバラすのか」

と大問題になったに違いない。あの時だけは、マウスの神さまが私に降りてきて、口にチャックをしてくれたと思っている。

ところで話は変わるが、この頃ドキュメンタリーや旅番組を見ていて、おかしなものを目にしないだろうか。そう、缶のドリンクやペットボトルの銘柄がスポンサーのものと違うと、コ

ンピューター処理してボカシを入れてしまうのだ。自動販売機ごと消えてしまうこともある。

プライバシー問題とかで、人の顔もよくボカシが入る。道を歩いている人が、降霊術で出てきた人みたいにぼーっと白くなるのが気味悪い。

愛子さまの運動会でも、まわりにいるご学友にボカシが入ってしまうけれども、あれはどんな意味があるんだろうか。きっと品よく可愛らしいことであろうお子ちゃまの顔が、ぼーっと白くなっているのは、誘拐が心配なんだろうか。よくわからない。

昨年は、テレビに出る機会がとても多かった。私一人では時間が余るということらしくて、みなさん昔の写真を貸してくれとおっしゃる。お渡しすると必ず聞かれるのが、

「隣りにいる方の了解とれますか。顔はどうしますか」

ということだ。大学時代の同級生にいちいち聞くのはめんどうくさいし、だいいち四十年前と今では相当変貌しているはず。一緒に大麻吸ってる写真、というならともかく、仲よくテニスしている姿を出されて何が悪かろう、と私は判断し、

「構わないじゃないですか」

とお答えしている。

暮れにＮＨＫの公開生番組に出た時、やはり同じことを聞かれた。それは高校時代、地元の山梨放送でＤＪをしていた時の写真だ。アナウンサーの方と、ぽんたちゃんという愛称で呼ばれた、もう一人の女子高校生が写っている。

「このアナウンサーの方とは、このあいだ、何十年ぶりかでお会いしたけど、この写真のことはとても喜んでいたから大丈夫。ぽんたちゃんはたぶん山梨でしょうけど、平気ですよ」

その公開放送には、新潟からラーメン屋さんのご主人夫婦が駆けつけてくださった。何年か前、このページで書いた背脂ラーメンのご店主である。番組のMCの方と親しくて、私が出演すると聞いたからだそうだ。

そしてDJをしていた写真を出し、それにまつわる話もして番組は終った。その時、今まで私をずっと撮ってくださっていたカメラマンの方が遠慮がちに近づいてきた。

「ハヤシさん、あのぽんたは僕の家内です」

スキー場で知り合って結婚したそうだ。顔をボカさないで本当によかった。それにしてもこんな偶然って……。

めざせ筑紫さんの英語

ACミランに移籍した際の、本田圭佑選手のスピーチがとても評判がよい。専門家の説によると、文法的に〝あれっ〟というところもあったが、堂々としていてなめらかでとても素晴らしいということだ。

私は亡くなった筑紫哲也さんのことを思い出す。ひと言ひと言確かめながらのそれは、いわゆる大人になってから勉強した英語であった。スピードはないけれど丁寧で知的な感じがする。私たちがめざすべき、教養ある大人の英語だった。インタビューの際、世界の要人ともちゃんと渡り合っていたからすごい。中身があるからだ。

そういえば大沢在昌さんの小説の中に、日本駐在のアメリカ麻薬取締官が、〝出張〟してきた同僚に確かこんなことを言うシーンがあった。

「日本で英語を使う時は注意しろ。スーツを着た立派なビジネスマンがまるで喋れない時もあるし、髪を伸ばしたヒッピーがペラペラなこともある」

確かにそのとおりで、道端でスケボーしていたヤンキーっぽい若者が、流暢な英語を話すのを見たこともあるし、このあいだはカフェの若い店員さんが、白人のお客さんに何か聞かれ、早口の英語で答えていたのにはちょっと驚いた。

彼らにそれがないと言っているわけではないが、日本人の英語力というのは、社会的地位や教養、学歴と必ずしも比例しない。これが複雑なところだ。このあいだソウルに一泊で遊びに行ったが、ドライバー兼通訳をしてくれた名門大学の男の子も、ものすごく英語がうまかった。彼が言うには、まわりの友人もふつうに英語を喋るそうだ。

「これじゃ日本の大学生、負けちゃうぞ」

と日本の将来が不安になってきた。

が、この頃じわじわと何回めかの英語勉強ブームがやってきたような気がする。それは、「海外旅行に行く時は、やっぱり喋れなきゃ」

という無邪気なものではなく、もっと切羽詰まったじわじわとしたもの、ちょっとヤな感じの追い詰められるような感じ、といったらいいであろうか。

「喋れないとヤバいかもしれない」

としぶしぶ皆が立ち上がったといってもいいかもしれない。

私のまわりの三十代・四十代の人たちは、みんな幼い子どもに英語を習わせている。自分たちが大人になってから英語習得に苦労したからだ。小学校から英語教育も始まっている。それではこれから日本人が飛躍的に英語がうまくなるかというとそうでもないらしいのが不思議なところ。

テレビのワイドショーで、衝撃的な事実を知った。

「マイ・ネイム・イズ・○○○」

と喋るシーンをタブレットで、多くの白人に見せたところみんな苦笑している。

「グッドバイ」

「サンキュー・ベリー・マッチ」

も、今は使われない古めかしい英語だそうだ。今は、

「アイム・○○○」

と自己紹介するのがふつうなんだと。こんなこと誰も教えてくれなかったと、軽い怒りさえわく。しかもこの「マイ・ネイム・イズ……」は、ほとんどの教科書で使われているから驚くではないか。つまり教科書では「文法的には正しくて受験に出る」英語を教えなくてはならないということらしい。英語の二重性か。ふうーむ。

などと他人ごとのように言う私であるが、今までどれだけの時間とお金を英語に費やしてきたことであろうか。もう英語は諦めようと思っていたところに、昨今のこの英語ブームである。

「だけどね、結局日本人って英語がうまくならない民族なのよ」

といつものように軽くいなそうとしても今回は出来ない。今度ばかりは、いつものブームとは違うような気がする。

いったいどうしたらいいのであろうか。

今回は私ら中年にとって「最後のチャンス」ではあるまいか。

うちにバイトに来てくれている大学院生のA子ちゃんは、シェアハウスといおうか、シェアアパートに住んでいる。各国の留学生が住んでいるそのアパートの「お世話係」をすることで、家賃を安くしてもらっているそうだ。夜になると集会所にみんなが集まり、共通語となる英語でいろいろなお喋りをするという。ハロウィーンやクリスマスの写真をよく見せてもらうが本当に楽しそう。ここに引越してから、英語が本当にうまくなり、もう何の不自由もしないということである。

若かったら私も絶対に引越ししただろうが、もう無理であろう。

つい最近翻訳をしている若い女性と知り合ったところ、

「好きな映画の字幕を見るといいですよ」

という。ビデオを繰り返し見て、どういう言いまわしか頭に入れていくそうだ。これはよく聞く話であるが、彼女は勉強中、いつも英和と和英辞書を持ち歩き、頭に浮かんだ単語を次々と変換していったという。これは勉強好きの人には向いているかもしれないが、ずぼらな私にはまず無理。

しかしこのまま諦めると、いつもの私になってしまう。

私は大学院生のA子ちゃんに言った。

「あのさ、あなたのアパート、私も遊びに行っていいかしら。いっぱい差し入れ持っていくからさァ」

「ぜひ来てください。みんな大喜びですよ」

ということで近々行く予定になっている。

何度も言うが、これから老いに向かう私の最後のチャンス。筑紫英語をめざして頑張る。ホントにやる。経過をこの後もお伝えしますね。

天才の子どもたち

この頃中年の女性と会うと、目のやり場に困ることがある。唇がぷっくりと、蜂にさされたようになっているのだ。あきらかにヒアルロン酸の入れ過ぎである。

いったいいつ頃から、世の中は厚くて大きい唇が流行《はや》るようになったのであろう。三十年前にデビューした頃、私はよく「タラコ唇」とワルグチを言われた。ヘアメイクの人が初めてついてくれたが、唇にファンデーションを塗り、その上に口紅でおちょぼ口を描かれたことをよく憶えている。そう、涙袋も目立ったのでよく化粧品で消されたっけ。

全く私は、生まれるときを間違えている……。

トシをとると、不思議なことに涙袋は全く消滅し、タラコ唇はカラスミ唇になってしまった。そうしたら、この厚唇、涙袋ブームである。本当に惜しい……。

しかしあのヒアルロン酸入りぷっくり唇はいかがなものであろうか。顔には釣り合いといううものがある。私のような南方系顔はいざ知らず、細面の北方系美人がなんだかぶ厚い唇をぷくぷくさせているのはとてもおかしなことだと私は思うのであるが……。

流行といえば、子役が相変わらずのブームである。天才子役たちをテレビで見ない日はない。「明日、ママがいない」というドラマは、各方面からの抗議がありスポンサーが次々とCMを取りやめたようだ。私は結構面白いと思っているのであるが、

「施設の子どもが学校でいじめられる」

と言われれば返す言葉がない。ただでさえハンディがあるだろう子どもたちに、これ以上の負荷を課すことはあまりにもむごいことだろう。ただひとつだけ言わせてもらうと芦田愛菜ちゃんがぞっとするぐらいうまい。気が強くてしたたかな女の子を、本当にいきいきと楽しそうに演じているのである。

「マナちゃん、これが地じゃないの?」

というくらい真に迫っている。あの安達祐実ちゃんの「家なき子」をしのぐものがある。

私が想像するに、天才子役と呼ばれるコたちは、けなげないい子や、無邪気な小学生を演じることにあきあきしているのではないだろうか。いいコぶったセリフにうんざりしているのではなかろうか。そこへいくと「汚れ役」はさぞかし楽しいだろうなァ。どぎついセリフを口にする時の愛菜ちゃんは、本当に嬉しそうな顔をしている。

「このコ、恐るべし。きっと将来、大竹しのぶさんみたいなすごい女優さんになるんじゃない

かしら」

私はテレビの前で、行末《ゆくすえ》を楽しみにしているのだ。こんなすごいコを産んで育てたお母さんって、いったいどんな人なんだろうか。

そういえば、売れている芸能人で自分の子どもを子役にする人はほとんどいない。それどころか神経質なぐらいガードしている。昔は「家族そろって歌合戦」「減点パパ」など、有名人の子どもを知る機会は多かったのであるが、こんな物騒な世の中であるから、まず子どもの顔は出さない。

しかし子役はいないけれども、年頃になると、土中に眠っていた植物が急に芽吹くようににょきにょき土の上に出てくる。

「うちの子が芸能人になるはずないじゃありませんか」

とかたくなに言い張っていた人たちの子どもも、すごい確率でデビューする。同じうちの中にいて、その道で成功した親を見ていれば、尊敬し憧れ、同じ道に進もうと思うのはあたり前の話であろう。

が、私はここである真理に気づいた。

「美人女優の母親を越す娘はいない」

二世女性タレントとそのお母さんの顔を思いうかべてほしい。九十九パーセントお母さんの方が綺麗なはずだ。

いったいどうしてだろうか。私が考えるに美人はあまり男の人に容姿のよさを求めない。ふつうの人と結婚すると、父親の遺伝子は娘の方にいってしまう。

今、話題の喜多嶋舞さんのお母さんは、内藤洋子さんという女優であった。真黒な髪を真中で分けたヘアスタイルを、当時の女の子たちはどれほど真似ただろうか。清楚で品があって、本当に美しい女優さんであった。デビューした頃、主演映画の挿入歌「白馬のルンナ」をお歌いになったが、これは空前絶後のヘタ歌だったと思う。どうしてよく憶えているかというと、このレコードを買ってすり切れるまで聞いていたからである。

しつこいようだが、この内藤さんは今話題の喜多嶋舞さんのお母さんである。喜多嶋さんも綺麗な人であるが、お母さんにはかなわないと思う。

その内藤さんの孫にあたる、喜多嶋さんの息子を、かつての夫だった大沢樹生さんが、

「自分の子どもではない」

と発言したので世間は大騒ぎである。ワイドショーはこの報道でもちきりである。このことを見聞きするたびに、

「男の人が、本当の自分の子どもか疑う。これは永遠のテーマだなァ」

と思わずにはいられない。そう、これは昔から多くの小説のテーマになっているのだ。多くの人が知っているところでは、あの『華麗なる一族』がある。そして内藤洋子さんがテレビドラマで主演して大ヒットした『氷点』は、いったい誰の子どもなのか、という問いかけが小説

の主題になっている。生物として、自分の子ども以外にエサを与えたくないという大沢さんの気持ちはわかるが、相手は十代の少年だ。どうかこれ以上傷つけないでと願わずにはいられない。

そしてどうか将来、大沢さん似のイケメンとなって、おかしな噂を払拭してくれますように。どうせなら売れっ子の芸能人となってお父さんを越えますように。そう、不思議なことに男性なら、

「大物のお父さんを越える息子あり」

が正解だ。

奥歯にものの……

夕刊の芸能欄に、人気絶頂の女優さんの写真が大きく出ていた。新作の映画で、夫を支える奥さんの役を演じるという。彼女自身も新婚ホヤホヤである。ふつうだったら、

「自分も奥さんになって、こういう役をやってどうですか」

という質問があってしかるべきであるが全くない。彼女のプロフィールにも結婚したことが記されていない。さすがの大新聞も、事務所の権力には勝てないのかと、私は感慨深いものがある。政治家にはがんがん強気の新聞も、美しい女優さんにはこの気の遣いようである。そうしなければ、

「インタビューには応じない」

ということになってしまうからだ。

フィギュアスケートの現役を引退した安藤美姫さんがテレビのバラエティに出ていた。彼女

に対してひな壇の芸人さんたちがいろいろ質問をするコーナーだ。その時のみんなの表情といったら……。

「奥歯にモノのはさまったような」

というのはこういうことなのだろう。みんな妙に神妙なのである。

「安藤美姫への質問その1」

とテロップが出る。が、みんながするのは引退した理由は、などというどうということもないものである。

誰もがいちばんしたい質問、視聴者がいちばん知りたい質問は全く出ないが、ヘンに気をもたせる演出だ。

未婚で子どもを産んだ女性がいて、その父親が誰かと取り沙汰するのは下品だと私はこのページに書いたことがある。しかし、「安藤美姫への質問」という番組コーナーをつくって大々的に宣伝もして、これはないでしょと私はつぶやいた。そういうことを喋らないと覚悟を決めたならば、安藤さんは凛とした態度を貫くべきなのだ。こんな番組に出なければいい。

「出てやるけど、その質問はなし」

とかわすのは、スポーツマンにあるまじきもの。私が質問者だったら、

「今、話題のお子さんのお父さんとは、結婚なさるつもりなんですか」

ぐらい聞くけどな。まあ、仕方ない。あらかじめそっち方面の質問はしてはならぬと、ディ

レクターから釘をさされていたのだろう。

これって体を縛りつけて何も出来ないようにして何も与えず、その前でおいしいものを見せびらかして食べるのに似てないだろうか。

ところで私たちの日常でも、質問してはいけないことがいくつかある。今、ちょうど受験シーズンであるが、子どもの合否も聞かないのがマナーというものである。

昨年仲よしのママ友とランチをすることになった。そのメンバーのひとりから当日の朝メールが。

「○○さんの上のお嬢さんは、確か今年どこも落ちて浪人するはずだから、その話は絶対にタブーよ」

「わかってる」

と私も返した。しかしその日の食事の気まずかったこと。みんなその話題を避けているので会話がぎこちない。が、そのうちの一人が突然、言葉を発した。

「そういえば、おたくのおねえちゃま、今年どうだったの」

すると、

「国立はダメだったけど、△△は受かったの」

と一流私大の名をあげたので、みなそれぞれお祝いの言葉をのべ、座はいっきに明るく盛り上がったのである。

その年は、親しい友人の息子さんも大学受験であった。私は彼女が知らせてくれるまでは聞かないつもりであったが、気になって仕方ない。以前彼の進学ではちょっと相談にのっていたからだ。滑り止めの中高一貫校に入ってからも、ちっとも勉強しないと彼女は嘆いていたっけ。

私は用事にことよせてメールした。

「ところで××君、受験どうだった?」

「AとBとC、すべて合格しました!」

一流校の名がずらり。学校中の先生が驚いたが、いちばんびっくりしたのは本人だったとか。

正月の模試ではどこもD判定だったというから、奇跡の大逆転である。自慢になると思って、彼女はぐっと我慢していたらしい。

こういうのは「聞いてよかった」というケースであるが、その反対だってもちろんいっぱいある。いちばん困惑し、聞けない事項は離婚というやつだ。

「ついにバツイチになりました」

と明るく言ってくれるような人ばかりではない。まずざわざわと噂が拡がっていく。

「このあいだご主人を別の町で見た」

「他の女の人とスーパーで買物をしていた」

というような目撃談から始まり、

「どうやら離婚届を出したらしい」

と誰かが結論を出す。

私は日頃の言動から、こういう話が大好きと思われているがそんなことはない。男と女のことなど、明日はどうなるかわからないと考えている。

それなのについ先日、

「ご主人、お元気ですか」

と何気なく口にしたところ、

「私たちのこと、いろいろ知ってるくせに」

と恨まれた。誤解だ。私はごく習慣的に口にしたのに……。

そうそう。同じようにしてはいけない質問におめでたがある。私は過去にうっかりと「何ケ月？」と尋ね、「太っただけ！」と怒られたことがある。私のまわりでは最近高齢出産が盛んなので、うっかりしたことは聞けない。中年太りなのか妊娠なのか、判断が本当につけかねるのである。

有名人の知り合いにもそれは気をつかう。

「週刊文春に出てることは本当？」

とつい聞いてみたくなるのをじっと我慢するのはつらい。そこで私は恋愛に関してだったら明るく聞くことにした。まあ、私もしょっちゅう奥歯にものははさまってるわけだ。が、この〝ものの〟は大人のたしなみというものかも。もちろん新聞やテレビに出る場合は違うと思いますが。

見た目でわかる

ＮＨＫの連続テレビ小説「ごちそうさん」の時代考証がヘン、と以前このページで書いたことがある。

が、舞台が大阪に移ってからはとてもいい。戦争がしのび寄ってくる庶民の暮らしが、たんねんに描かれているのだ。戦争初期でまだみんなふつうの生活をしている。が、その生活の中で、ひとつひとつ、いろんなものが消えていく。

ずっと前ベストセラーの反戦小説に苦言を呈した人がいた。

「あの頃、大阪のおっさん、おばさんで、こんな戦争反対なんて言っている人が何人いたか。共産党以外の人は、日本が勝つと信じていたはずだ」

め以子もごく当然のように報国婦人会に入り、出征する人に「万歳三唱」をする。そういうことに疑問を持たず、ひたすらお国のために頑張ろうとするふつうの女だ。ドラマはこういう彼女の凡庸《ぼんよう》さもきちんと表現している。

やがて彼女は、ふと気づく。

「戦争というのは、私の大切なものをひとつずつ奪っていく……」

幼なじみ、砂糖……。彼女の二人の息子たちもいずれ戦場に行くだろうし、あの西門《にしかど》の家も焼けて灰になってしまうに違いない。

このドラマを、

「日本ってどうして戦争したの」

とあどけなく聞く若い人たちに、ぜひ見てほしいと思う。

誰かが言っていた。戦争は気づいた時にはもう始まっていると。もの心ついてから私は、こんなにキナくさい時代を知らない。そりゃあ中国や韓国には腹が立つが、昔は、

「こちらが大人になってじっと耐えましょう」

というタテマエを言ってくれるメディアや人々がたくさんいた。しかしこのところそういうタテマエは、どんどん声高な人々によって消されていくような気がする。

安倍さん、お願いしますよ。この頃の安倍さんはややお太りになって貫禄充分。総理一回めの繊細なところがまるで消えているような気がする。政治家としてはその方がいいのだろうが、私はとても不安である。

そう『人は見た目が9割』という本があったが、その言葉は本当だと思う私。

「人を見た目で判断してはいけない」

と親や先生に教わってきたが、そんなことは嘘だとこの頃本当に思う。

今さらそんなことを言うな、と言われそうであるが、私はあの佐村河内《さむらごうち》守っていう作曲家、最初からヘンだと思っていた。

「ものすごくインチキっぽい顔をしている」

とまわりにも言ってたぐらいだ。

芸術家はナルシストで変わり者が多い。だからヘンテコな格好をしていることもあるし、言うことがとてつもなくぶっとんでいることもある。しかしあの作曲家は、サングラスやファッションが、なんかこう模倣をしているのだ。

「音楽家ってこういうもんでしょ……」

と一生懸命演じている風が漂っていたのだ。口にすることも、

「天から音が降りてくる」

とか恥ずかしいことばかり。どんなナルシストも、本物の芸術家は自分の作品にこんな解説はしない。いつか絶対に何か起こすと思ってたらやっぱりそのとおりだった……。

しかし、〝今さら〟と言うなら、私はあのワタミの前会長にも言及していた。「ブラック企業」というキーワードが出てくる前から信用していなかった。この連載でもちゃんと書いてたもんね。

「あんな顔をしている人に、教育再生と言ってもらいたくない」と。

それから震災復興のお金を使い込んでいたＮＰＯの元代表の男にもびっくりだ。ふつうこんな顔の男を信用するだろうか。

岩手県山田町は私も訪れたことがある。そこで一生懸命ボランティアをやっている人を何人も知っているが、どうしてこんな男がリーダーになったわけ？　人に指揮していたわけ？　だいたいこんなにぶくぶく太ったボランティアはなんか信用出来ない。物書きは別。運動不足で食べることしか楽しみがないから、デブになっても仕方ないでしょ。それに食べるのは自分のお金だし。と一応言いわけしておいてこの男を責めると、この人いかにも享楽的な風貌をしているではないか。お酒や女性にだらしなさそうな顔だ。これを見抜けなかったお役所の男は甘かった。

さて、このように嗅覚には自信がある私であるからして、女にはもっと厳しい。もともとの鋭さに、おばさんのカンが加わるようになった。

仲のいいスタイリストとお酒を飲んでいる時、

「今まで仕事をした芸能人の中で、最悪の人は誰？」

と聞いたところ即座に、

「△△○○よ」

という答えがかえってきた。昔の人気アイドルグループのメンバーで、今は女優をしている人だ。くわえ煙草で命令されたそうだ。私はなるほどと頷いた。テレビを見ていた時から、「この女、性根が悪そう」

とずっと思っていたからだ。性格と性根は違う。悪い性格は直るが、性根は直らない。

そして最近もう一人、

「このコ、相当性根が悪いだろうな」

と思うアイドルがいる。昨年彼女とあるパーティーで遭遇した。まわりの大人が気を遣って、私に挨拶するよう促した。

「作家のハヤシマリコさんだよ」

彼女は、こんなおばさん、それがどうした、という態度で無視した。私はとても嬉しかった。やはり私の見る目に間違いはなかったのだ。

ところがこの話を彼女のファンの男性にすると、

「知らないおばさんだけど、めんどうくさそうだから挨拶しとけ、っていう処世術がない分、すごく純粋なんだよ」

だそうです。どっちが正しいのか。

選挙のきまり

食事の最中電話が鳴った。とると全く知らない人。

「もしもし、わたくしどもは○○新聞社と△△テレビの世論調査をしている者ですが」

機械的な女性の声がした。

「もうじき都知事選ですが、誰に入れるおつもりですか」

私が誰かを知ってかけているのでない。本当に無作為にかけている感じが伝わってくる。私は言った。

「申しわけないですが、そういうことはお答え出来ません」

食べかけのテーブルに戻ると、夫が尋ねた。

「どこから電話だったの。こわい声出してたけど」

「都知事、誰に入れるかだって」

「教えてあげればいいじゃないか」

夫は不思議そうな声を出し、そのことに私は驚く。たとえ夫婦でも、選挙のことは絶対に教えてはいけないと思っているからだ。

ずっと昔、小学生の頃だ。何かの折に友だちと選挙の話になった時、私は母親から聞いたことを言った。

「私ね、お母さんに衆議院選挙、誰に入れるのって聞いたの。そうしたらお母さん、お空の星の人かもだって……」

当時、星野とかいう名前の現職がいたらしい。その時、前を歩いていた父親が振り返り、きつい声で私に注意したのである。

「そんなこと、絶対人に言っちゃダメじゃないか。誰に投票するか、っていうことは秘密なんだから。知られたら大変なことになるんだ」

今も多少そういうなごりがあるが、半世紀前の「甲州選挙」は、かなりどぎついことがあったらしい。誰に投票するかを知られるとややこしいことになったのであろう。

子どもの時に叱られたことは身にしみている。よって大人になって都会に住むようになると、人がいとも気軽に、

「誰に入れるの」

と聞いてくるので、私はびっくりするのである。どの候補者に入れるかは、夫婦でも匿《かく》して

おかなくてはいけない秘密と信じているからだ。

私が言わないので、夫もそのことについて口にしないようになった。が、日頃の言動を見ていればたいていのことがわかる。

テレビで候補者が映ると、

「やっぱりこの人、間違ったことは言ってないよな」

とか、

「エラそうなこと言って。お前は今まで政治家として何やってきたんだよ」

などとコメントがあるからだ。

が、それについて私は何も言わない。めんどうくさいことになるのが嫌だからだ。

世の中でインテリといわれる女性で、

「社会問題から政治の話まで、夫ととことんやり合います」

という人がいるが想像出来ない。うちの中でディベートか……。すごいなァ……。

ところで夫婦で政治の話はしないが、選挙には一緒に行く。散歩をかねて近くの小学校へ出かける。

新婚の頃、夫の実家へ行き、

「今日、選挙行くの忘れちゃったね」

と二人で言い合っていたら、義父に叱られた。

「ちゃんとした大人が、選挙に行かないとはどういうことか。ダメじゃないか」

と、日頃は温厚な夫の父が、語気荒く言ったので、私などすっかり恐縮してしまった。それからは二人で行く。その時だけは仲よく投票所に向かうのは、亡くなった義父への供養のような気がしているのである。

今回の都知事選なのであるが、夫は海外旅行中であった。不在者投票をするとか言っていたのに、結局はしないで旅立っていった。

そして私はといえば、ソファから起き上がることが出来ない。前日の雪かきで腰をやられてしまったのだ。

「あっ、いててて」

鉄のシャベルを買ったので、調子にのって遠征までしてしまった。このくらいどうということはないと思っていたのであるが、朝ベッドから降りるのにひと苦労だ。動くたびに痛みが走る。

大雪から三日間は、どこへいっても腰痛の話となった。やわな東京人は、たまの雪かきでも体が悲鳴をあげてしまったようだ。おまけに雪の翌日は日曜日とあって、マンションは管理人さんがいないケースが多い。うちのハタケヤマは、秋田出身だけあって黙って見ていることが出来なかったという。

「夫と二人で、マンションの前の雪かきしたんですけど、ご苦労さん、って言って何もしない人ばっかり。若いコなんて全く無視ですよ」

と憤慨していた。

テレビをつけると、

「大雪のため、投票率が低くなる見込み」

とある。みんなもそうだし、私が行かなくても大局に影響ないと思うものの、やはり出かけてしまうのは、親からの教えが身についているからに違いない。

「私なんか行ってても行かなくても、選挙結果は同じことですよね」

という若い人に教えてあげたい。何百万という得票数でも、必ず最後のケタの数字が記されていることを。もし自分が入れなければ、テレビの画面に表れているこの人の得票数の最後の数字が6だったら5になっていたし、5だったら4になっていたと思うと、ちょっと嬉しく誇らしい気分になるではないか。

それに何より、投票しているかどうかで、選挙ニュースを見る楽しさはまるで違う。

「やった」

と思う時もあるし、

「なんで、こうなるわけ」

と腹を立てる時もある。もちろん夫の前では表情をあらわさない。わが家の場合、選挙中はポーカーフェイスとなるのである。

寒い！

山梨というのは、非常に寒いが雪はめったに降らない。盆地という地形が関係しているようだ。

よって子どもの頃、私はスケートはしょっちゅうしていたが、スキーは履いたこともない。長野に比べると、スキー場は本当に少ない。

そんなところに甲府市では百十四センチの雪が降ったのだ。

イトコたちに電話したら、困っているというよりも呆然としていた。駐車場の屋根が雪の重みで落ちてきたそうだ。

「食べ物は大丈夫？」

と聞いたら、

「今のところは冷凍しているものを食べてるから何とかなる」

まだ電気が通っているところはいいけれども、停電している地域はいったいどうしていたんだろうか。

　こんな最中、私のもとに写メが送られてきた。巨大な雪壁が写っている。

「行ったら本当にすごかったです。今度会ったら話しますよ」とある。差し出し人がわからない。パソコンからケイタイに送ってきたからだ。空をおおうほどの、この雪の壁はどこなのか。私の故郷・山梨に行ってきた、ということなのだろうか。

それにしてもすごい光景だ。

　私はメールを打った。

「すごい雪ですね。でもあなたは誰？」

「僕ですよ。○○××」

　お金持ちの友人が、南極に遊びに行っていたのである。

「日本がこんな時にこんなもん送ってきて、ややこしいことしないでよ」

と返事をした。

　東京でもかなりの雪が降り、雪かきは本当に大変であった。うちの前の通りは、意識が高い人が多く総出で雪かきをする。私も頑張ってシャベルを動かし、次の日は腰が痛くて起き上がるのが大変であった。

　一回めの雪の時は夫が海外旅行中で、弟に泊まってもらった。おとなしい彼は、文句ひとつ言わず黙々と雪をすくっていた。

二回めは夫がいた。何かと指図がましく、自分の思うとおりにしたい男である。

「別に全部の雪を片づけなくてもいいんだ。両側に歩く人のためにだけ道をつくって、真中は残しておけばすぐに解けるんだ。それよりもあそこの坂のところの雪をやりなよ」

次の日、自分の車を出したいがためだと後で気づいた。

少し離れた三叉路の坂道を雪かきしていてふと見たら、夫の姿は消えている。そしてうちの前に残った雪を、近所の人たちがやってくれているではないか。

「すみません」

元のポジションに戻り、必死で雪をすくう私。夫は腰が痛くて休んでいたそうだ。

私はむっとして言った。

「あなたが真中の雪は残せ、とか言うから恥かいたじゃん。近所の人がやってくれようとしたんだよ」

「日本人だけだよ、こんな雪かき。こんなにキレイにするとこないよ。国民性なんだよなあ……」

照れ隠しか、こんなことを言うではないか。

そして東京の雪はすぐに解けたが、私の故郷・山梨は陸の孤島と化した。道路は閉ざされ、特急はしばらく運休となった。

その間私は映画を見に出かけた。山梨に帰るつもりで空けていたスケジュールだったが、電車が動かないなら仕方ない。「デジタルで甦る永遠の名作」という催しで、かかっている映画は「風と共に去りぬ」。作家としての私の原点とも言える映画だ。初めて映画館でこれを見たのは四十五年前のことである。多感な中学生だった私は映画館の中で号泣した。これほど華やかで劇的な人生があるというのに、自分はこんな田舎で、平凡につまらない日々を過ごしているのだ。

「ああ、なんてつらいんだろう」

悲しかった。どうやったらドラマティックな人生を送ることが出来るんだろうかというのは、その後の私をつき動かす大きなものとなっている。

そして半世紀近くたったわけであるが、この映画を見るのが怖かった。もう一度観て失望することを恐れていたのだ。しかしがっかりしなかった。私の「風と共に去りぬ」は、古くささを全く感じなかった。こまやかな心理描写やテンポの早さは今の映画とまるで同じだ。それどころかCGを使わないスペクタクル場面や、群集のシーンは圧巻である。

しかし大人の視線で見ると、スカーレット・オハラには別の意見が出てくる。

「こんなワガママ女、亭主に愛想尽かされても仕方ないかもね」

初恋のアシュレーを愛するあまり、旦那を寝室から追い出す。何やってあげてもふくれっ面。いくらわがままで気の強い女が好きといっても、レット・バトラーだって我慢の限界というものがあるだろうなァ……と、故郷の災難のせいで、私は運命の映画とまた出会ったのである。

ところで三月十一日が近づいてきた。今年も「3・11震災孤児遺児文化・スポーツ支援機構」では、サントリーホールでチャリティコンサート&オークションを開く。コンサートは三枝成彰さんがプロデュースし、クラシックからポップスまでの一流歌手が出演する。

そしてご注目いただきたいのがオークションだ。今年は品物と共に、能力も出品しようということになった。「横山幸雄が家庭でピアノを弾いてくれる権利」「三枝成彰が作曲してくれる権利」「秋元康とディナーミーティングをする権利」「江原啓之と開運ツアーに行く権利」などがある。

私も恥ずかしながら、自作原稿とイラストをオークションにかけることとなった。それから、「林真理子をホームパーティーに招く権利」

だって。こんなの買ってくれる人がいるんでしょうか。

ひんしゅくもの

日本人で浅田真央ちゃんのことを、悪く言う人はまずいないだろう。

天才にして努力家。そしてけなげで明るい。清潔で愛らしい童顔というのも好感度大だ。キム・ヨナの顔がどんどん変わっていくのに比べ、真央ちゃんの顔は少女の頃と同じ。プライベートの時はほとんどお化粧していないので、ますます若く見える。取材の受け答えもしっかりしていて聡明な女性だ。

こんな真央ちゃんに対して失礼なことを言ったというので、元総理の森喜朗さんに非難が集まった。

外国人記者クラブでの記者会見で、

「私はなんとも思っていませんけど」

と真央ちゃんが言ったので、なんていいコなんだろうと皆感じ入ってしまった。

　もちろんいい答えなのであるが、私がもし真央ちゃんで、本当に森さんを庇おうとしたら、もうひと言こうつけ加えてあげる。そんな必要はないのであるが、こう言ったら森さんは国民から許されたであろう。

「森さんがああ言ったのは、きっと私のことを身内のように思っていたからでしょう」

　事実そのとおりだと思う。よく転ぶ「あの子」は、「うちの子」と同義語なのだ。

　ひと昔前まで、よく「うちの女の子」という言葉が聞かれた。男性が、

「じゃあ、うちの女の子を行かせますよ」

「うちの女の子に伝えてください」

　と、無造作に使っていたのである。今、こんな言葉を使う会社はほとんどないだろう。

「うちの担当の女性が」とか、

「わが社の女性社員を」

　とか言うはずだ。しかし森さんは年代的に「うちの子」意識が抜けない。東京オリンピック・パラリンピックの組織委員会会長として、

「うちの子も困ったもんですよ」

　と言ってしまったのであろう。

　森さんに限らず、余計なことを言うおじさんはとても多い。ウケを狙うのだろうが、その反応が、

「感じ入って笑う」のと、

「苦笑する」

というのは天と地ほどの差がある。

ところで、今回のソチオリンピック、真央ちゃんと並んでもう一人の主役は、なんといっても羽生結弦選手だった。

この人、顔がどんなアップになっても、髭の剃り跡、毛穴ひとつない。つるんとした本当に美しい顔だ。彼を見ていると、

「日本の若い男性って、なんてキレイになったんだろう」

と感心せずにいられない。スキー・ジャンプ競技の団体で葛西紀明選手と組んだ三人の若手選手も、

「なんてイケメンなの」

と女性週刊誌などで騒がれている。そうそう、スノボの竹内智香選手も相当の美人だ。

真央ちゃんにしても、羽生選手にしても、ものすごい燃えたぎるような闘志は当然持っている。負けてたまるか、という思いは誰よりも強いはず。が、そうした火のようなものは、クールで美しい外見でくるまれてしまう。ここが最近の若い人の特徴だ。

そこへいくと、昔の人はもっとわかりやすかったかもしれない。内面のギラギラがちゃんとちゃんと外に出ていたのである。

先月スポニチにガッツ石松さんの自伝が連載されて、これがとても面白かった。少年の頃、貧しい家に生まれたガッツさんはものすごいワル餓鬼だったようだ。しかしボクシングに出会い頭角を現わしていく。そして、俳優としてもその地位を築いたのだ。

まずはあの伝説の人気ドラマ「おしん」で、ガッツさんはテキ屋の親分として起用される。いかにもぴったりだ。それから日本の名監督と言われる人が、やがてはスピルバーグまでがガッツさんに出演を依頼する。その理由は誰だってわかる。ガッツさんは見るからに「闘う男」の外見をしているからだ。ボクサーというのは昔からこういう不敵な面がまえをしていた。

まあボクサーとフィギュアの選手とでは違うかもしれないが、最近では髙橋大輔選手が男っぽくてその片鱗がほの見えた。大好きな選手なので、引退と言わずにどうかもっと続けてほしい。

そう、そう。最後のエキシビション、髙橋選手と真央ちゃんとが手を取り合ってダンスをしてとてもいい感じであった。髙橋選手は真央ちゃんの競技を毎日泣きながら見ていたと言っていたっけ。この二人にロマンスが芽生えたらいいなァーと私は勝手に想像するのである。

真央ちゃんのようなスターで、しかもスケートひと筋に生きてきたら、男性と知り合うチャンスなどないに違いない。ふつうの男性は、近づくには偉大過ぎておじけづいてしまうだろう。そこで髙橋選手の登場である。同じ世界に生きてきた二人なら、わかり合えることがいっぱいあるはず。

こんなことを言っちゃナンであるが、オリンピッククラスの女子選手というのは、時たまものすごくヘンな男性選びをすることがあるので気をつけてくださいね。

気をつけてといえば、将棋の元女流棋士の林葉直子さんの体の具合がよくないそうで、この頃よくワイドショーに出てくる。ものすごく痩せてすっかりフケた林葉さんを見るのはつらい。この方が昔CMで出てきた時の衝撃はすごかった。セーラー服の少女が将棋盤に向かっているのだが、怜悧な美貌は凄味さえあった。天才美少女と大人気のさまは、真央ちゃんと似ていたかもしれない。

それなのにいろんなことがあって、今はやけっぱち人生。病をさらけ出して自嘲的だ。

どうか真央ちゃんは幸せな人生を選んでね。いい男性選ぶのよ。不倫なんかしちゃダメよ

……と、おばさんもつい余計なことを口にしてひんしゅくをかうのである。

芋と高知

「ハヤシさんって、どうしてそんなに高知が好きなの？」

よく聞かれるが、あそこほど魅力にみちたところは他にないと思う。

キラキラした美しい海に、おいしいものがどっさりある。そして高知の人はみんな親切でお酒が大好き。昼間でもぐいぐいとふつうに飲む。人なつっこくて明るくて、ちょっといいかげんな気質は私とぴったりと合うのである。

高知とのつき合いは、何度もお話ししているとおり四年前のエンジン01のオープンカレッジにさかのぼる。東京からやってきた百人以上の講師を、地元は、

「カツオあぶり焼きショー」

で歓迎してくれたのである。

カツオが大きいままでじゅうじゅう火にあぶられ、出来たてのタタキをその場で切って食べ

させてくれた。
東京のスーパーのまずいものしか知らず、カツオのたたきなど興味をもたなかった私が、なんと二十二枚たいらげたのである。そのくらいおいしかった。

しかもそのカツオはほんのオードブル。上の会場へ行くと、県下のおいしいものが屋台の料理となってずらり並んでいた。もちろんお酒もどっさりだ。

そしてやる時はちゃんとやるのが高知人。運営は実に手ぎわよく、地元のＪＣ（青年会議所）やボランティアの人たちが手わけして仕事をしてくれていた。

だが〝高知愛〟が決定的になったのは、やはり「龍馬」のミュージカルであった。あの時は出演した私たちが泣き、観客も泣きながらスタンディングオベーション。感動の一夜であった。あの夜のことは決して忘れない。

今回は「土佐の『おきゃく』」イベントの一環として「土佐の大夜楽《やがく》」に招かれた。市内のレストランや料亭で開かれる五十人程度の食事会に講師を招き、膝をつき合わせて話をするという催しだ。

声をかけてくれたのが地元の老舗旅館の若社長だったので、私は二つ返事でＯＫした。この社長には多大な恩があるのだ。

あれもやはり四年前のことだ。近所のペットショップをうろつくうち、一匹のゴールデンレトリバーが気になって仕方なくなった。生後八ケ月たっても売れ残って、ケージの中に入れられているのだ。人なつっこいコで、くるくるよく動く目でじっとこっちを見ている。出して、出してと、足をバタバタすることもある。欲求不満らしい。

「ちゃんとお散歩してるんですか」

と尋ねたところ、一度もありませんという答え。それじゃああんまりではないかと本気で憤った。

そして衝動的に、

「そのゴールデンレトリバー、私が買うから」

と叫んでいたのである。そして内金を置いて帰った。値段は確か八万円だったと記憶している。

それから会う人ごとに、

「おたくはお仕事は何をやっているんですか。おうちは広いですか」

と聞くようになった。

ある日、エンジンの打ち合わせで高知に来たところ、

「旅館をやっています」

という方に出会った。高知の老舗旅館の若社長だった。こんなチャンスは二度と訪れないと思い、必死で頼んだ。

「ゴールデンレトリバー、いりませんか。とてもかわいいおリコウちゃんですよ」

私をもらえと言っているわけではない。せいぜい犬一匹なのだ。

その人は即答せず、

「妻に聞いてみますから」

とケイタイを取り出した。ややあって、

「オーケーです」

あんなに嬉しいことはなかった。

ただ問題は、ゴールデンレトリバーをどうやって高知に届けるかだ。

私は当時大学生だった姪っ子に電話をかけた。

「ねえ、高知見物しない？　友だち誰か誘って二人で行きなよ。飛行機代もホテル代ももちろん、バイト料も払うからさ。犬を届け終えたらゆっくり高知を観光してきなよ」

あの時は新しく大きなケージも買い、羽田までの車も頼んですごい物入りだった。

今この犬は「マリン」と名づけられ、わがままいっぱいに暮らしている。この旅館のアイドル犬として、みなに頭をなでてもらってとても幸せそうである。一度も散歩に連れていってもらわなかった売れ残りの犬が、今では毎日鏡川のほとりを走っているそうだ。

ところで今回の高知行きは、〝おきゃく〟のゲストと共に、もうひとつ大切なことが控えていた。「高知県観光特使」として任命式に出たのである。

地元のテレビ局や新聞社の人がいらして、私が知事から委嘱状をわたされるシーンを撮っていった。

そこでも、

「どうしてそんなに高知が好きなのか」

という例の質問が出た。そして、

「高知の食べものの中で、何がいちばん好きですか」

という問いも。

私は大きな声でこう叫んだ。

「芋けんぴ！」

着いたその日、土産物屋で買い物をした。そこで私はショウガや鯨のつくだ煮は買ったが、芋けんぴには手を出さなかった。

「ダイエット中なのに、これに手を出してはいけない。お前は、封を切るとひと袋たいらげる性格ではないか」

カゴに入れようかどうしようかと迷い、持つ手がぶるぶると震えるぐらい悩んでカゴの中に入れなかった。私は自分に打ちかったのだ。

しかし旅館の部屋に入ると、テーブルの上に芋けんぴが。私を喜ばせようとしてくれたのだ。目につかないところにいったんしまい、そして出し、五、六本だけと言いきかせて封を切り、そして空にしてしまった私である。高知は好きだが、その代償は大きい……。

ザ・オークション

今年も三月十一日がやってきた。

東日本大震災から四年めの今年は、テレビの特別番組もぐっと少なくなったと感じるのは私だけであろうか。

私たちがやっているボランティア団体は、今年もサントリーホールで、「全音楽界による音楽会」のコンサートとオークションを開いた。

代表の三枝成彰さんは言う。

「ふつうチャリティコンサートといっても、出てくれる人にギャラを払って、会場費払って、みんなに弁当出せば、被災地に送る金なんてびっくりするぐらい少ない」

よって、

「出演者はノーギャラはもちろん、一人一万円の寄付をしてもらう。弁当は出さない」

有名な歌手や音楽家の方々はこれに賛同して、みなさん快く一万円を出してくださったという。なんとオーケストラの方々も、一万円寄付してくださったのだからまことに申しわけない。サントリーホールも、会場費をタダにしてくださっているのである。

一方、同時にサントリーホールの小ホールでは、恒例のオークションが行なわれた。今まで試行錯誤しながら、イベント担当の女性理事がいろいろな方法を考えてきた。私は知らなかったのであるが、いろいろなオークションが世の中にはある。

昨年はラッフルといって、来た人が千円のチケットを買い、欲しい品物に投票して抽選を行なうシステムだった。つまり本当に欲しい人は、いちどきに二十枚、三十枚のチケットを買い当選確率を高くするのである。しかし今ひとつ盛り上がらなかったような……。

そこで今年はサイレントオークションと、ライブオークションの二本柱でやることにした。サイレントオークションというのは、品物を飾り、欲しい人が品物と一緒に置いてある紙に名前と金額を書いていく。これだと〆切りの時間ギリギリに、誰かがぐっと金額を上げていくことになる。

もうひとつのライブオークションの方は、

「サザビーズの石坂（泰章）クンに来てもらいましょう」

と彼女はものすごく顔が広いのだ。サザビーズジャパンの社長〝石坂クン〟とは、子どもの頃からの友人だという。この〝石坂クン〟も、タダでオークションの司会を引き受けてくださったのだ。

さてサイレントオークションは、当日二時から始めた。開場と同時にたくさんの方々がいらしたのであるが、なかなか名前と金額を書いていかない。もう少し様子を見ていこうということのようだ。

エアタヒチのタヒチまでのペアの往復航空券、さだまさしさんの出品してくださったギター、有名作家による絵画や写真といったものの中で、異彩をはなっているのが、

「江原啓之と一緒に行く開運ツアー」

の権利である。実は私、この十二年間江原さんと毎年お正月に、いろいろな神社を訪ねるのを常にしていた。今回こちらからお願いして、一緒に行く権利を五人分、オークションに出してもらっていたのである。

そのうちに名前と金額を書いていく人が多くなってきた。値段がどんどんつり上がっていく。最後の頃に、ある人が、

「もう帰らなきゃいけないんだけど、絶対に行きたいから」

いきなり値段を二倍につり上げたのである。が、後から来た人がまたどんどんつり上げる。ひととおりお客さんが品物を見終わった頃、五時半から今度はライブオークションをすることになった。

自分を示す番号カードを高く上げて金額を叫ぶ、昔ながらの方法だ。もっとも今ではネット

からでも参加出来るということであるが。

開始前に、石坂さんが美しい助手を連れてやってこられた。二人で舞台に立つ。そしていよいよライブオークションの始まりである。

「よろしいですか……。よろしいですね。はい、そちらの方……」

金のハンマーを叩いて落札決定だ。

同じオークションでも、出品だけしている人はサイレント、当日会場に来てくれる人はライブにしたという。盛り上げるために舞台に立たなくてはならない。私は二番めに呼ばれた。胸がドキドキする。なぜなら、

「林真理子を自宅のホームパーティーに呼ぶ権利」

が、今からセリにかけられるのだ。誰も買ってくれなかったらどうしよう……。

二万円から始める。

「五万……」

「七万……」

結構カードが上がる。そして最終的には女性が十八万円で落としてくださった。本当にありがとうございます。せいぜい面白い話をしますからね。

コンサートが始まる前とあって、いつのまにか小ホールは満員のお客さま。その中で〝石坂クン〟が、ハンマーを持ちながらオークションをすすめる。さすがプロはすごい。低いトーン

の甘い声は、いつのまにか会場を格調高くかつ華やかなものに変えていくのである。人と品物が出てくるうちどんどん盛り上がり、最高潮はクラシック界のアイドルグループ、ル ヴェルヴェッツの五人組がステージに立った時だ。彼らは芸大をはじめとする有名音大の出身で、百八十センチ以上、美形、歌がうまいという条件で選ばれた。彼らには、熱心なファンがついている。彼らが「歌を歌ってくれる権利」は最初二十万円からスタートしたのであるが、何人かが競って譲らない。結局「六十万！」と叫んだ女性のものとなった。彼女はル ヴェルヴェッツに握手してもらい感激していた。

江原先生の方も金額がつり上がり、オークションはみんなで九百万円という成果をあげたのである。これは被災地の子どもたちのために大切に使わせてもらいます。来年は、

「林真理子とB級グルメを食べる」

なんていう企画どうでしょうか。

再ブレイクって……

テレビを見ていたら、女芸人の大久保佳代子さんが映っていた。

びっくりした。あまりにも綺麗になっていたからだ。髪はサラサラ、肌はツヤツヤ、目はキラキラしていて、売れているタレントのオーラに包まれている。何よりも表情が美人のそれなのだ。

「これだったら、ふつうに綺麗なタレントさんじゃん」

とつぶやいていたら、先日週刊誌に、

「大久保のバブル崩壊」

と書かれていた。短期間で顔が小さく美人になったために、人気が下がってきたのではないかという意地悪な記事である。

だが私は考える。

「不器量なタレントさんとして売れるのと、すごくキレイになって売れなくなるのとでは、いったいどちらがいいんだろうか」

たぶん頭がよくて、お笑いのプロである大久保さんは前者の方を選ぶに違いない。しかし、こんなに綺麗になってしまったら、もう後戻りは出来ないだろう。

ところで大久保さんと並んで、テレビで見ない日はないと断言出来るのが坂上忍さんだ。この人がゲストで出ると、視聴率がはね上がるという。

「この人、ものすごくうまい子役だったのに、なんか口の悪いおじさんになっちゃったなァ」

と思ってテレビを見ていたのが半年前ぐらいのこと。あの頃はまだ「久しぶり感」があった。それがあれよあれよという間に、大変な売れっ子である。四月からは「笑っていいとも！」の後番組のＭＣにもなる。こういうのを「再ブレイク」というのだそうだ。昔はカムバックとか言ったかもしれない。

以前売れていた人が、もう一度ブームをつくることの困難さは、物書きの私でもよくわかる。ましてや偶然や運が大きく左右する芸能界ではどんなに大変なことであろうか。

俳優さんやタレントさんの顔というのは正直だ。いったん「うらぶれた」感が出てくるとかなりきつい。時々テレビは「あの人は今」という番組をつくるが、男でも女でも不幸な感じが漂ってくる。女性だと化粧や服装がやたら派手になるし、男性だと眉が不自然に描かれていることが多い。

このあいだ、仲雅美さんをテレビで見た時はショックだった。仲さんといえば、本当にハンサムでカッコいい俳優さんだった。主演のドラマや映画だって何本かあったはずである。

そう、そう、思い出した。四十年前のこと。大学生だった私は友人に誘われてエキストラのバイトをした。祖師ヶ谷大蔵にある国際放映へ行くと、その日の仕事をわりあてられるのだ。「太陽にほえろ！」のロケで、遠くからではあったが石原裕次郎さんをお見かけしたことがある。

が、それよりも嬉しかったのは、仲雅美さんが由美かおるさんと共演した「同棲時代——今日子と次郎」に出たことだ。二人がコーヒーをすする喫茶店の客の役である。私のすぐ近くに、人気絶頂、甘く美しい顔立ちの仲雅美さんが座っていらしたのだ……。

ところがテレビ番組では、今、工事現場の警備員となった仲さんを映していた。

「再起をめざす」

と言っていらしたが、もはやあの「同棲時代」の面影はない。この方がもし再ブレイクするとしたら、いったいどういう方法があるのだろうか。私なりに考えた。

ひとつは、有名な監督なり演出家に、彼をどうしても使いたいと思わせることであろう。が、これはむずかしそうだ。

そしてもうひとつは坂上さんのようにバラエティに出ること。過去にもそういう例はいくつもある。村田英雄さん、橋田壽賀子さん、志茂田景樹さん、といった別の世界で確固たる地位

を築いた方が、ある日突然バラエティに出ると、
「案外気さくで面白い」
とたちまち人気者になる。ただそうしたバブル人気にすぐ飽きてしまう方が多いようだ。

全く、競争が激しく、毎年毎年、魅力的な新人が溢れるように出てくる芸能界にあって、再び人気者になるというのはなんと大変なことだろうか。デビューの時の倍の力がいるはずだ。

芸能界でもし再ブレイクしたとしたら、何が要因なのか。本人がイマイチの間に時代が変わったのか。それとも本人がうんと魅力的に変化したのだろうか。

私の友人（芸能人ではない）が、テレビのコメンテーターで出るようになり、こう言い放ったことがある。

「時代がやっと私に追いついてきたわね。だからこんなにブレイクしてるんだわ」

坂上忍さんも、三、四年前だったら、鼻持ちならないイヤな男、ということになったかもしれない。ところが世の中が不景気になっていくにつれ、インチキっぽいキレイごとが嫌われるようになった。そんな中、彼の毒舌が喝采をもって迎えられるようになった。その前におネエブームがあり、マツコ・デラックスさんたちが大活躍していたことも大きい。
「ものごとをはっきり言う人」
の道はならされていたのである……。

などと呑気そうなことを言っているのであるが、再ブレイクがむずかしいのはこちらの世界

も同じだ。

かつては売れていたが、今は全くという作家が、何かの小説やエッセイがきっかけで再ブレイクという話はまず聞かない。マニアックに評論家に持ち上げられてもそれで終わりだ。名前を忘れられたら作家はもう浮上することはないだろう。ベストセラーを出すには、たえずある程度の場所にいなくてはならない。まるっきり消えてしまった人に、再チャンスはないのではなかろうか。芸能界も大変だがこっちも大変。人気のカラクリなんて、本当は誰もわかってないんだし、なんのかんの言っても全部後づけ。そこで出てきた人たちはやっぱりスゴい。

ファンサービス

今日は歌舞伎座の「俳優祭」に行ってきた。俳優祭というのは、年に一日だけ行なわれる歌舞伎役者さんたちのお祭り、ファンサービスデイである。

いつもとは全く違った趣向のお芝居がかかる。昔は「白雪姫」や「ベルサイユのばら」のパロディが上演され、場内は大爆笑につつまれたものだ。役者さんたちが小人の衣装に身をつつんでダンスをしたり、オスカルに扮したりするのだからその面白いことといったらない。

あまりにも人気のあるイベントのため、チケットが手に入りづらく、この何年か遠ざかっていた。が、なぜか今年、新歌舞伎座での初めての俳優祭というプラチナチケットがまわってきたのである。私と同じように歌舞伎ファンの友だちを誘って出かけることにした。この人はふつうの奥さんなのであるが、人なつっこいのと人脈が広いのとで、私なんかよりずっと歌舞伎役者さんたちと親しい。中には飲み友だちも何人かいるようだ。

「後で○○○助のお店に行ってあげなきゃ」

と張り切っている。

そう、お芝居もいいが俳優祭のいちばんの楽しみは、役者さんたちが売り子になってくれる模擬店なのである。あの仁左衛門さんがお弁当を、菊之助さんが唐揚げポテトを、勘九郎さんがお寿司を売る。そう、あの海老蔵さんだってTシャツを着て、売店に立っているのだ。

私と友人はひと幕めが終わるやいなや、金券を握りしめて売店の列に並んだ。もう、目の前にスターが立っているのだから、みんな大興奮である。新歌舞伎座はロビイが狭くなっているので、誘導する案内の人たちは必死だ。

「立ち止まらないでくださーい」

「列に並んでくださーい」

と声を張り上げている。

「写真もおやめくださーい」

と叫んでいたが、これは人によってまちまち。ファンとにっこり写真におさまってくれる役者さんもいる。獅童さんのところはシャンパンバーになっていて、一杯頼むとひとりひとりと写真を撮ってくださった。もちろん私もお願いしましたよ。

「こんな楽しいことないよねー。すっごいミーハー気分になるもんね」

と友人が言うとおり、ファンにとってはまさに夢の時間。売り場で肉マンを買い扇雀さんと握手をしてもらい、錦之助さんのところでスパークリングワインを一杯……。

そして席に戻ると、幕間《まくあい》に歌謡ショーをやっているではないか。キンキラキンのジャケットを着た司会者によって、ものすごい衣装の人たちが次々と登場。演歌に合わせてあてふりをする。まさに大衆演劇の世界だ。

「まさか歌舞伎座でこんなもの見られると思わなかったよ……」

ワインとタコ焼きを頬ばりながら、私たちは大きな拍手をおくる。

やがて開いた次の幕は有名なお芝居であるが、いつものものとはまるで違う。雲助や駕籠《かご》かきの役を、菊五郎さんや吉右衛門さんといった大幹部がおやりになるのである。くまモンも登場して大喝采を浴びた。主役の二人は、次の世代を担う梨園のあどけない少年たち。よくまわらぬ舌で長台詞をちゃんとこなす。

「あのコたち、きっとすごい役者さんになるねー」

と友人と私はすっかり感心してしまった。

そして帰り道、車の中の会話は歌舞伎から宝塚歌劇へ移っていった。友人は大のヅカファンでもあるのだ。今年、宝塚は創立百周年、いろいろなイベントが目白おしである。私は宝塚大劇場で行なわれるイベントに行くつもりであるが、上には上がいて、友人はその前日のプレミアムコンサートにも行くのだそうだ。

ところで歌舞伎と宝塚には、大きな共通点が二つある。ひとつは同性の俳優のみで演じるということ（歌舞伎にはたまに例外があるが）。それからどちらも観客の高齢化が進んでいるということ。伝統あるものに高齢の客はつきものだと思うのであるが、歌舞伎も宝塚もこれについて対策をいろいろ考えているようだ。宝塚がスターたちをこの頃バラエティ番組に出すのもそのためと聞いたことがある。歌舞伎はずっと以前から役者さんがよくドラマに出ていたが、この頃はさらに増えたような気がする。特別な存在感がある歌舞伎の役者さんは、ドラマの製作者にとって得がたい人材なのだろう。このあいだは「リーダーズ」というスペシャルドラマで、橋之助さんが戦後すぐの日銀総裁に扮していたが、冷酷なのか人情家なのかよくわからぬ複雑な人物像がぴったりであった。

さて我々作家にとってのファンサービスとなると、やはりサイン会だ。新刊が出ると、出版社から依頼があり、大きな書店さんに出向く。

名前を書くだけだからラクチンだろうと思われるが、これが結構大変。〝ため書き〟と言って相手の名前を書く。

「〇〇様　林真理子」

ときて日にちを書くのであるが、この〇〇様が手強い。むずかしい画数の多いお名前だったりするとそれこそ必死だ。最近老眼の進んだ目は、サイン会の整理券に走り書きした名前をしっかりとらえることが出来ない。だが、今日の俳優祭に行って考えが変わった。

重鎮から若手まで、浴衣、あるいはTシャツ姿で売り場に立ち、汗みずくでものを売る。私とは比べものにならない人気者たちが、握手ぜめにあいながらファンへのサービスにつとめる。そう、本にサインするぐらい何だろう。読者というファンがめっきり減っている我々の業界。そろそろ総出で何かやらないとまずいんではないだろうか。イベント好きの私は「作家祭」を本気で考え始めた。

アニバーサリー

「ハヤシさん、来年は還暦でしょ。パーティーどうするの？」

と編集者に聞かれたのが昨年の夏のこと。

「えー、別に考えてないよ」

男性の友人たちだけで、サプライズパーティーを開いてくれたのが五十歳の誕生日。それから十年は、うちで夕食をとり、その後ケーキを切るという地味な誕生日だ。

「それだったら任せて。私と何人かで世話人になってパーティーをするから」

と受け合ってくれたのであるが、私は条件を出した。

「ホテルの宴会場で、出版社の社長とか有名人の発起人を三十人ぐらい立ててやるような、あゝいう派手なのはやめてね。私らしく（？）おしゃれで、料理がうんとおいしくてこぢんまりとしたパーティーにしてね」

それから半年かけて、みんな本当によくやってくれた。まずお店は、ミシュラン一ツ星のフレンチレストラン「レフェルヴェソンス」が、

「今まで貸し切りパーティーはしたことがないけれど……」

とためらっていたが、今回特別にやってくれることになったのだ。ふつうのレストランなので八十人、ということであったが、それではとてもおさまらない。なにしろデビューして三十年以上たつ私。お世話になった人も多く、軽く百人を越えてしまった。招待のリストはどんどん増えるばかり。

世話人の中心になっていたのが、マガジンハウスで「アンアン」の編集長を長く務め、今はフリーのプロデューサーとして活躍するホリキさんだ。彼女は、ファッション界、芸能界すべてに顔が広い。まず招待状は知り合いのアートディレクターに頼んで、ピンクの可愛らしいものをつくってくれた。

招待状の文章は新潮社のナカセさん。心温まるユーモラスなものとなった。その他仲よしの中井美穂ちゃんが司会を、元宝塚トップスターの姿月あさとさんが歌を歌ってくれるなど、次々情報が入る。

「これ以外に何かある?」

「お土産に紅白のお饅頭を配りたいな。どうせなら、私の顔のイラストの焼き印を入れてくれないかしら」

任せて、とホリキさん。

「私が今仕事をしている、京都の鶴屋吉信に頼んであげる」

ここも特別につくってくださることになったのであるが、イラストの焼き印は無理で、なんと一個一個手描きしてくださった。おまけにアンコが二重という凝ったものである。

といっても、私が知らされているのはこのくらいまで。誕生日が近づくにつれ、各出版社の編集者がニヤニヤして言う。

「ハヤシさん、すっごいことになりますから楽しみにしていてください」

「私たち、このところしょっちゅう集まって打ち合わせですよ」

前日、ホリキさんから電話があった。

「明日、何着ていくの」

「赤いもんでも着てこうかなと」

「ダメ、ダメ。出来たら黒っぽいものにして小物だけ赤にして」

心配だったらしく、一緒に買物に行くこととなった。そして彼女が選んでくれたのが黒と濃いブルーのワンピースである。なぜこの服になったか、私は後で知ることになる。

さて当日六時半に会場に到着した私は、多くの人々の拍手で迎えられた。まず古風な鏡割り。樽の「西の関」が用意されていたが、これは私の長年の担当編集者、カヤジマさんのご実家のものである。私の顔のイラスト入り枡で乾杯。

中井美穂ちゃんが言う。

「まずはお祝いのビデオレターをご覧ください」

びっくりした。国民的大スターのグループの方々がお祝いを言ってくれるではないか。しかもその中のひとりが花束を持って駆けつけてくれて、ギターを弾きながら「ハッピーバースデー」を歌ってくださったのである……。もう感激で涙が出そうであった。ホリキさんが頼んでくれたのである。

自慢話はさらに続いて、ビデオレターにはその他にも、超人気歌舞伎俳優、超人気タレントさんたちがいっぱい登場して、お祝いのメッセージをくださったのだ。ほとんどの方は対談で一度しかおめにかかったことがないのに、友人や編集者たちが手分けして頼んでくれたらしいのだ。うっ、本当にありがとねー。そして今夜の撮影係は、世界的写真家レスリー・キー！

さらにあのクラシック界のアイドル「ル　ヴェルヴェッツ」の五人が登場し、私の大好きなオペラのアリア「誰も寝てはならぬ」を歌ってくれた。私の「心の恋人」姿月あさとさんも「すみれの花咲く頃」を熱唱。この時二人で踊ったのであるが、私をリードしようとする姿月さんが時々吹き出してしまう。そう、間違えて私のぜい肉をつかんでしまったからだ。

皆さんからのプレゼントは、赤いちゃんちゃんこならぬ、「ドルチェ&ガッバーナ」の真っ赤なジャケットであった。

「黒いものを着て」

というホリキさんのアドバイスがやっとわかった。ワンピースに赤いジャケットはぴったりと合う。私は最後にお礼の言葉を言った。

「三十年前、月刊『文藝春秋』本誌のグラビアで、女性作家たちが一堂に集まる企画がありました。瀬戸内寂聴先生、宮尾登美子先生、といった方々が今の私ぐらいの年齢でいらしたはずです。皆さんいかにも大家といった感じで、あたりをはらうような威厳がありました。ところがこの私ときたら六十になってもまるで貫禄がなく、いつまでもちゃらいおばちゃんじゃないですか。しかし書くことは死ぬまで続けます。どうかこれからも力を貸してください」

拍手がわく。地味にしてもらうつもりが、思いきり派手なパーティーになった。が、これが私らしいと皆が口々に言う。よし、これからも思いきりちゃらいおばちゃんでいよう。

定年退職

というわけで、今年四月一日をもって六十歳となってしまった。

が、まるで実感がない。

鏡を見てもそれほどの深い皺も法令線もない（と思う）。老眼鏡を使わなくてもたいていのものは見える。坂の多い近所もふつうに歩く。速度は遅いが、これは昔からだから気にならない。体型ももうちょっと痩せれば、それほど老けて見えない（はず）。

固有名詞がまるで出てこないが、これも昔からのことなのでそれほど気にならない。

ただびっくりしたのは、世の中は六十歳というと、年寄りの範疇に入れられてしまうということだ。

三月のこと、映画館でチケットを買おうとしたら「シニア割引」という文字が目に入った。六十歳以上になると、映画が千円で見られるということらしい。

ニュースを見ていると、

「六十五歳以上の高齢者」

とアナウンサーはしょっちゅう言う。えーっ、あと五年で「高齢者」になるのかと感慨深い私。

そういえば昔、私の友人が四十歳になったショックで寝込んでしまったことがある。自分が中年になったということに、心が耐えられなかったというのだ。このところ会っていないけれども、あれから六十歳の誕生日をどうやって迎えたのか知りたいところである。

それにしても、やはり還暦というのはすごい。誕生日でも特別感がある。いろいろな方からお花をいただいた。

このあいだは友人たちと、ある神社を訪れたところ、中の一人が、

「ハヤシさんの還暦のお祝いだから」

と本殿での参拝料を出してくれたうえ、

「ハヤシさんが代表で玉串を捧げて」

と気を遣ってくれた。

昨日は新刊書のサイン会で、

「終わった後、食事をしませんか」

と事前に言われていた。担当の編集者たちと軽くイタリアンでもと思っていたところ、出版

社の会長、社長もいらして総勢十四人で高級中華料理のテーブルを囲んだ。

「本の発売と還暦のお祝いを兼ねて」

と乾杯してくださって、すっかり恐縮してしまった。長いつき合いなのに、ここの出版社からベストセラーを出したことは一度もない。この出版不況の中、こんなによくしていただき本当に申しわけない。

そして話題は定年のことになった。この出版社も定年は六十歳だという。

「でも六十歳っていえば、心も体も現役バリバリですよ。自分がなってみてよぉくわかりましたけど、六十歳って中年まっただ中っていう感じですよ」

私たち作家は連載をする時、本当に編集者に頼りきっている。長い間共に仕事をしてきた人たちが、定年で去られるのは作家にとって大きな痛手だ。

「そういう声がよく上がるので、出版社としても何とかしなくっちゃと思ってるんですけどねぇ」

と社長は曖昧に言葉を濁された。私はつい、傍にいる私の長年の担当編集者たちに向かい、

「皆さんも早く役員になって、定年延ばしてね」

と余計なことを口走った。

「そんなことより、ハヤシさんのところは大丈夫ですか」

「えっ、何のことですか」

「そろそろご主人も定年退職じゃないですか。ダンナさんがうちにいるようになって、すごいストレスからうつになる奥さんは多いようですよ」

やめてー、考えたくもないと答えながら、私はあることを思い出した。

ある先輩作家から聞いた話だ。親しい編集者が一人、二人と退職していったのであるが、彼らは一様に、

「家でものすごく邪魔もの扱いされる」

と嘆くようになった。奥さんからは、

「月に十万円でいいから働いてきて頂戴。とにかく家にいないでどこかへ勤めに出て」

と懇願されたという。

その作家の方は、対談の時にある女子大学の学長にこの話をしたところ、

「その方々をうちで引き受けましょう」

とその場で請け合ってくれたというのである。

「ベテランの編集者の方たちなら、きっと面白い文学論を話してくれるはずです」

何がきっかけになるかわからないものである。

私の知っている某大物編集長の方は、定年の後、大きな書店の顧問となっている。あとカルチャーセンターの講師となっている人も何人か。

これはとてもいい話として、ある大物作家のエピソードがある。寡作であるが、出せば必ず

ベストセラーになる方で、私も大ファンである。

ある時、出版社の社長さんご夫妻と、ある実業家の方と食事をした。その際、その実業家の父親の生涯を書いてみないかと社長から依頼されたのである。作家は、

「何年先になるかわかりません」

と答えたが社長は諦めなかった。作家が信頼している、その会社の編集者を、定年を迎えても嘱託として残したのである。たった一冊の本を出版するために。

三十年の歳月が流れ、その実業家も、社長夫妻も亡くなった。作家も編集者も老いたが一冊の本は完成した。

私もこんな風に本を書いてみたいものであるが、まあ無理だろう。

本が売れなくなった分、これからも馬車馬のように働かねば。

編集者と違って作家には定年がない。いつか一人一人と別れを告げながら、同時に若い編集者とおつき合いしていくことになる。が、こんな深く温かい縁《えにし》もいつまで続くかわからない。

ネット社会が、今、出版文化を根こそぎ変えようとしているのだ。何年か先、私は祝福と花に囲まれた、六十歳の誕生日を懐かしく思い出すことになるかもしれない……。

あっち側

小保方《おぼかた》晴子さんをどう思うかと、いろんな人に聞かれたのであるが、まるっきり興味を持てなかったのは、私が科学知識について全くちんぷんかんぷんだからであろう。

ただ最初にテレビを見た時、

「このコ、本当に大丈夫なの？　本当にこんな若いコがすごい発見したの？」

と声をあげたのを憶えている。そのとき傍にいた夫はもっと大きな声をあげ、

「何言ってんだ！　理研がやってることなんだぞ。間違いがあるわけないじゃないか！」

と無知な妻を叱った。その時に初めて理研という言葉を聞いたのである。

といっても割烹着姿や、実験室のムーミンの絵を見せられ、

「ちょっとォ……。こんなことまでやるわけ？」

といささかうんざりだけれども、

「まあ、理系の人がやることだし」

私とは別世界の人たちの話だと思っていた。

その後、小保方さんにはいろんなことがあったのであるが、男と女で意見がまっぷたつに分かれて本当に面白い。

おじさんたちは、九十パーセント、小保方さん擁護派である。

「あんな若い可愛いコを、みんなが寄ってたかって苛めることはないじゃないか」

憤然としている人に何人も会った。

女の方はと見ると、

「やっぱり責任をとらなきゃ。あれは単純なミスでは済まされない」

という意見と共に、

「記者会見の化粧とか表情、本当にしたたかそう」

という声も多い。

私はそんな風には感じなかった。何人か知っているが、理系の秀才女子の鈍感さは独特のものがある。いい意味でも悪い意味でも、人の心の裏を読めない。陰でうまく立ちまわる、ということをしない人たちだと思う。〝したたか〟ではなく、言語バランスがうまくないとみた。

たとえば山中伸弥教授は国会で、

「私もそうだったが、三十代の研究者というのは未熟ですから……」

と、実にいき届いた心配りをしてくれたのであるが、オボちゃんはさっそくこの「未熟」というフレーズにとびついた。それで記者会見でも連発していたが、本当にしたたかなら、こんな単純な作戦はとらないと思う。

ともあれ、ＳＴＡＰ細胞の存在を一日も早く実証してほしい。そうすればすべてがひっくり返る。

「口惜しくて泣いた夜もある」

という言葉がさらに重みを持ってくるはずだ。そう、マスコミの二度めの「手のひら返し」を私も見たい。

ところで今まで日本に浸透する「嫌韓ブーム」が虫酸が走るほど大嫌いであった私。ひとつの国をあそこまで罵《ののし》るなんて、知性を持つ大人はしてはいけないと思っていた。

ところが今回の韓国旅客船沈没のニュースを見ているうち考えが変わった。前途ある高校生たちが何人も海に消え、同じ年頃の子どもを持つ親としては胸がつぶれる思いだ。

今日この原稿を書いている段階では、船首がぽっかりと浮かんでいるが、韓国の軍隊は手をこまねいているとしか見えない。そして誰もが頭に浮かべるのはわが海上自衛隊の面々である。彼らは世界一有能で勇敢のはずだ。すぐさま手を打って生存者を救ってくれるに違いない。

「どうして行ってくれないの。日本からすぐの海だよ」

とやきもきしていたところ、今日のニュースで、

「韓国側が断わった」

と聞き怒りで体がわなわな震えてしまった。

あの眠た気な顔をした女性大統領が、形だけ防災服を着て平然としているのを見ると、今まで彼女がしてきた異様なほどの反日政策の結果がこれかと思ってしまう。

面子《メンツ》なんかどうだっていいではないか。日本が大嫌いで憎んでいたとしても、自国の若者の命を救うために頭を下げるべきではないか。こちらは気を遣いながら、協力を申し出てるんでしょ。

どんどん腹が立ってきたから、あえて戦時中の新聞みたいなことを言わせてもらうけれども、船長にしてももし日本人ならこんなことはしなかったと思いますよ。乗客をすべて見捨てて、まず自分がまっ先に逃げる船長などということは規律と責任を何より重んじるわが国ではあり得ない。偏見と言われてもいい。日本人なら絶対にあんなことはしません。

「とにかく今度のことで、韓国の人たちも自分の国の大統領がどれだけバカで、国際社会から取り残されるかっていうのがわかるのよね」

と私が言ったところ、

「いやあー、ハヤシさん、世の中はそんなに単純じゃないよ」

と友人。

「あの客船って日本製なんだから」

「えー、だけど古いのを買い取って、勝手に改造して、ものすごい定員オーバーで乗っけてたんでしょ」

「そんな理屈は通らないと思うよ。もう少したってごらん。今度の怒りをみんな日本にぶっつけてくるんだから」

昨日は銀座へ出かけた。

午前中のこととて、観光バスが何台も停まり、ラオックスの前の舗道は外国人らしき観光客で溢れていた。

中国人も韓国人も、実は日本が大好き、というのは本当だと思う。私もこうして観光に来ている人たちを笑顔で見守る。

だけどどうしようもなく無能なくせに、他人に責任をかぶせる人や、ひとつの方向に走る人たちがあちらには多過ぎる。一人の若い女性をめぐり、喧々囂々《けんけんごうごう》のこの国の方がずっと健全なのは言うまでもないだろう。

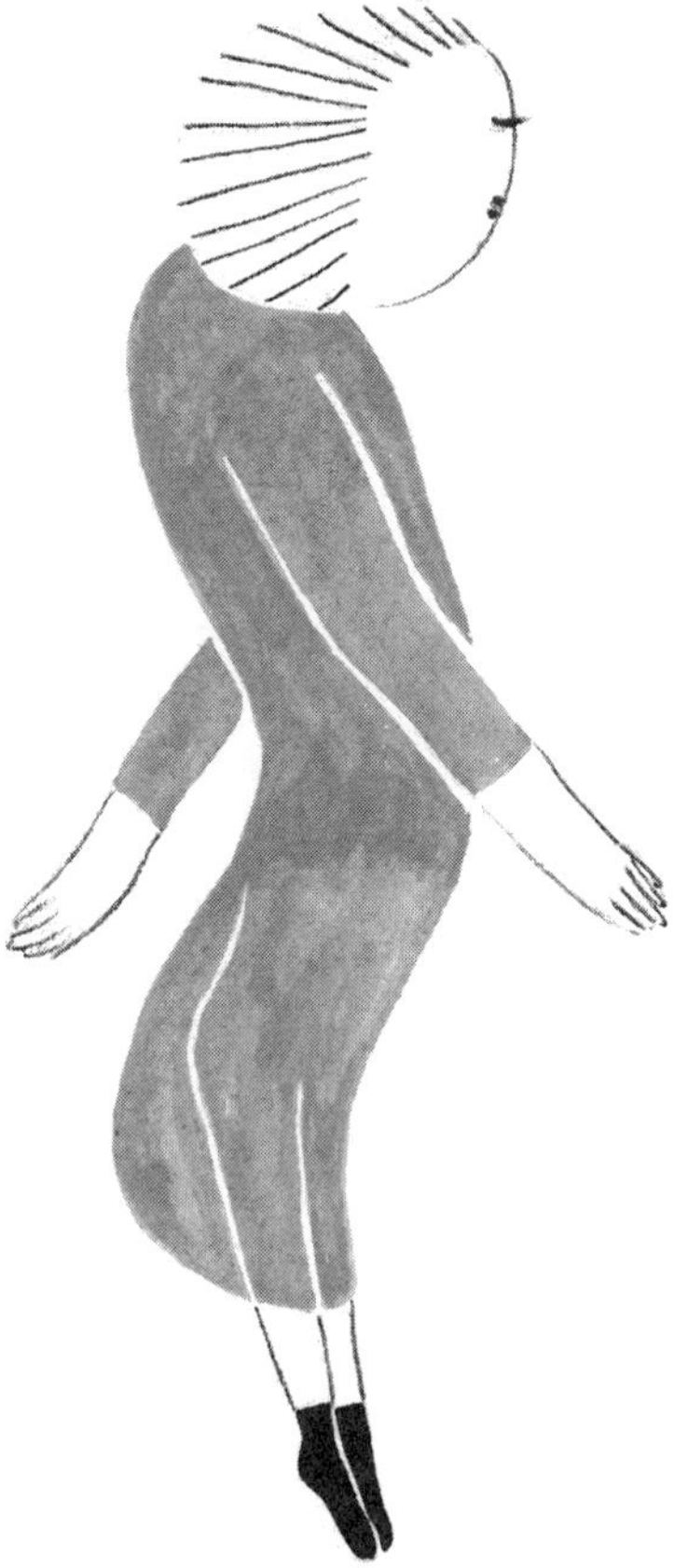

ほうだったのけ……？

鮨脳・鮨愛

昨夜はさんざんな目にあった。

十時少し前、銀座六丁目で食事を終えて帰ろうとした。ところが車が全く左折出来ず、ただ前に進むだけ。四丁目もその先も鉄柵で封鎖されていたのだ。来日中のオバマさんがお鮨を召し上がって帰る途中だったらしい。

そして今日は麴町に向かおうとしたら、四ツ谷駅前から全く車が進まない。オバマさんが迎賓館にいらした最中だったのだ。

帰りは甲州街道が全く動かない。

「オバマさんが明治神宮に行ってるんで、あのへんが封鎖されているんですよ」

と運転手さん。

「オバマさん、お願い、私の行くところに行かないで。ホテルでじっとしてて」

とぼやいた人は多かったに違いない。

ところで、

「人生でいちばんおいしい鮨だった」

とオバマさんがおっしゃって、脚光を浴びた「すきやばし次郎」。

今朝のワイドショーを見ていたら、そのことばかり流れていた。

「どんな店ですかね」

司会者やコメンテーターがあれこれ噂している。数回行ったことのある私はちょっと自慢。しかもそのうち三回は、山本益博さんの解説付きであった。

オバマさんも名人の握るお鮨を、さぞかし堪能されたことであろう。ただ心配なことがふたつ。その一つは、あのお店はお酒を飲むのをとても嫌がるのである。

「うちは居酒屋じゃないから」

というご主人のポリシーにより、確かビールを一杯しか飲めなかったはずだ。しかし国賓と総理大臣が訪れたのだ。おそらくお酒は好きなだけ飲めたに違いない。

それからもう一つは、トイレが外にあること。あの超高級お鮨屋はわりと庶民的なロケーションで、雑居ビルの中にある。その途中、お手洗いに立たれる時は、ＳＰもぞろぞろついていったろうかと、いらぬ心配をするのは私がトイレが近いせいだ。

いけない、話がビロウな方にとんでしまった。お鮨の話である。「すきやばし次郎」は、今までだってまるで予約が取れなかった。どうしても食べたくなった時は、マスヒロさんにお願いしてツアーを組んでもらった。昼間、友人、知人十人でお店を貸し切りにしてもらうのだ。「すきやばし次郎」のお鮨をこよなく愛するマスヒロさんは、食べ方もいろいろレクチャーしてくださった。

「まずつけ台に置かれた鮨の形の美しさを眺め、そしてすぐに口に入れてください」

食べるのが早い私は、言われなくてもすごい勢いでどんどん口に入れていった。マグロももちろんおいしいが、私の大好きなコハダときたら酢の〆方が絶品であった……。ああ思い出しただけで唾が出てくる。が、この報道のすごさではもう何年も先まで、予約は不可能であろう。

お鮨の思い出といえば、今年の二月、食通で有名な友人から電話があった。

「○○のカウンター、あさって十人でおさえといたから行かない？」

行く、行くと二つ返事で答えたものの、次の日は大変なことがわかった。明日の天気予報は大雪と出たのである。一回めの大雪でさんざんこりていた私は、

「無用な夜の外出は避けてください」

との言葉に大きく頷いていた。しかし○○鮨のカウンターはめったに取れるものではない。そうかといって交通がマヒしたらどうなるんだ。さんざん悩んだ末、

「ごめん、私、やっぱりパス……」

とメールしたところ、

「車はちゃんと準備するから大丈夫」

と受け合ってくれたので、行くことにした。

約束の時間に行くと、カウンターは既に人が集っていた。みんなこの大雪の中に出てきた食いしん坊ばかりである。おいしいお鮨をたらふく食べて外に出ると、一メートル先も見えないような吹雪の中に、MKタクシーが八台ちゃんと待っていてくれた。有難くて涙が出そう。

ところがこの話は結構世間に広まっていて、

「ハヤシさん、あの大雪の日に、這うようにして◯◯のお鮨を食べに行ったんですって」

と半ば感心され、半ば呆れられているようなのだ。

さて半月ほど前のことだ。知り合いでツアーを組んで東北に出かけた。日帰りのものすごい強行軍でぐったりと帰りの列車の席に座っていると、名古屋から参加した人がこう話しかけてきた。

「僕は今日、せっかく東京に行くから△△のカウンター予約したんだ」

「えー、△△！」

私と隣りの席の友人が同時に声をあげた。△△というのは、超人気のお鮨屋なのだ。

「予約無理かなーと思ったら、偶然取れてさー」

そのうち私と友人は「お鮨脳」になっていった。お鮨のことしか考えられなくなっていったのだ。列車のデッキに出て、△△はじめ知っているお鮨屋さんにかたっぱしから電話をかけたが、金曜日のことで席が取れるわけがない。

「そうだ、ホテルのお鮨屋さんに行こう」

ホテルのお店はわりと席が取りやすく、しかもリーズナブルなお値段である。行って驚いた。私たち以外はみんな外国人であった。外国人用の英語のメニューがある。板前さんも英語を喋り、「ベリー・オイリー・ツナ（大トロ）」なんて言っている。

私はビールを飲みあたりを見渡す。お鮨屋のカウンターに座るたび、大人になりこういう所に来られる幸せを噛みしめるのが常だ。私ぐらい鮨を愛する人間はめったにいまい。

財布の中身

還暦を迎えて決めたことがある。それは出来る限りタクシーを使わない、ということである。

私の住んでいる街はとても坂が多く、特に駅からわが家に向かう途中が急な上り坂になっている。どのくらいきつい坂かというと、つい先日も男子中学生が二人、

「このへんに住んでいる奴らって、毎日こんな坂をのぼってんのかよ」

あえぎあえぎ言っていたほどだ。

しかし反対に、わが家から駅に向かう時は下りの坂道となっていい感じ。目の先に駅のホームが見える。しかもこの駅は、私鉄と地下鉄とが相互乗り入れをしているのでとても便利だ。東京駅へ行く時は、千代田線で二重橋前で降りる。いちばん前の車輛から降りると目の前に階段がある。この階段を上がり右へ曲がると、ここから東京駅まで長いコンコースがある。ここはギャラリーとなっているので、よくアートや写真が展示されている。これを見るのは本当に

楽しい。そしていつも思う。

「こんなにいいもの見せてもらっているのにタダでいいんだろうか。使ったのは他社の切符代だけなのに……」

それもたった二百円である。

本当にタクシーを使わず、地下鉄にしてよかった、と思う時である。地下鉄に乗るためには、PASMOをいつも持っている。改札口を通る時、これを使ってさっと身を翻すのはいかにも都会人という気がする。しかしパソコンオタクの夫はたえず言っている。

「どうしておサイフケータイを使わないの。あっちの方がずっと便利だよ」

しかし私はどうもああいうものが信用出来ない。時々ネットショッピングをするが、

「そちらのクレジット番号は」

と聞かれるたびに、すごく嫌な気分になっている。会ったこともない人に、どうして番号を教えなくてはならないのか。

私はひたすらアナログの道を進む。ATMで自分でお金をおろして、払い込むことをしている。

さてこのATMであるが、どこにでもありそうで、突然エアポケットのように、いくら歩いても見つからない時がある。昨日はそのためにひやひやしてしまった。

まずうちの愛犬と病院に行った。このあいだからちょっと目の具合が悪いのだ。しかしこの

注射代が一万二千円！　飼主はとほほという感じであるが、可愛い犬のためならば仕方がない。

そしてお財布からお金を出す時、まだ万札があるような気がした。

今日は午後から、池袋の東京芸術劇場へ行くことになっている。

「チケット代も払わなきゃならないし、後で駅前のコンビニでおろしてこよう」

電車で行くつもりだったのだ。しかしたまたま友人が来て、原宿の駅まで車で送ってくれた。

「それでは、池袋のＡＴＭでおろそう」

ところが池袋の西口は、なぜかＡＴＭが見つからない。コンビニもない。よく探せばあるんだろうが、気持ちがせいていた私はすぐに待ち合わせの場所に向かった。今日は大好きな片岡愛之助さんが、初めて三谷幸喜さんの舞台のお芝居に出るのである。

ロビイには既に女友だちが待っていて、

「マリコさん、とりあえず一万円徴収」

さっそく始まっているのだ。

男の人はご存知ないだろうが、女だけの外出というのは、とても現金がいるものだ。カードで誰かがおごってくれる、ということはまずなく、みんな現金できっちりワリカンにするからだ。チケット代、差し入れのお酒の代金もきっちり分ける。

「誰か三百円のおつりある人？」

「一万円しかないけど、細かくして」

と、しばらくお金のやりとりが続くのである。

そしてお芝居の感激を胸に、私たち一同は池袋から本郷へ。なぜかと言うと、この地に素晴らしい焼肉店があることを、私がこのあいだ発見したのだ。

しかしこのあたりにもATMはない。次第に不安になってきた。

「焼肉のお金、足りるかしら?」

とりあえず女四人でおいしいお肉を食べ、チリのワインを飲んだ。ものすごくいいお肉が次々と運ばれてきて私は不安になる。

「お金、自分の分、足りなかったらどうしようか」

まあなるようになるだろう。

「もし何だったら私が貸してあげる。次に会った時に返してくれればいいから」

と友人も言ってくれたのであるが、何とかセーフ!

お金、足りるだろうかとひやひやするのは、学生の時以来だ。

やがてにぎやかに食事は終った。代金を払い私の財布の中には五千円札が一枚残った。これで何とかうちまで帰ることが出来るはずだ。遠いけれど帰りの坂道はあまりにもきついので、夜はやはりタクシーを使うことになる。

そのためにもお金が欲しい。私は途中で見たコンビニをめざして歩き出した。そしてやっとたどりついた。が、何ということだろうか、どうやってもATMはうんともすんとも言わない。

コンビニの店員さんに来てもらったら、

「うまく動きませんね。連休だからですかね」

仕方ない。このままの財布でわが家まで帰ってみるか。しかしハンドバッグの中から、何かのおつりが入った封筒が出てきた。中から千円札が。嬉しい。

そして今日。エステに行くためにすっぴんである。タクシーで行きたい。が、お金がない。私はひき出しの中の子どものお年玉に手をつけることにした。

大学のケモノ道

先日の朝日新聞の「日大ショック」は、静かに深く拡がっているようである。

どういうことかと言うと、朝日新聞が一面で、「就職難」と「学歴差別」について触れ、こんな例を出した。

日大生が就職説明会の出席をスマートフォンで申し込んだら「満席」と表示され、それを上智の友人に告げたところ、友人には「余裕あり」と回答があったというのだ。

これを読んだ日大出身の私は、

「ひどーい！」

と思わず声をあげていた。日大をなめんなよ。日本の社長の出身校でいちばん多いのは日大である。特に私が卒業した芸術学部なんか、日本のエンターテインメント界を支えているといっても過言ではない。今をときめく爆笑問題、三谷幸喜さん、文学界にだってよしもとばななさんというスターを輩出している。校友百万を敵にまわしたらコワいからね……。と憤慨していたら、やはり抗議が殺到したらしく、なんか言いわけっぽい記事を載せていた。

「固有名詞を出す必要があったのか」

と言われたそうだ。

しかし昨日読んだ、経済紙のコラムはこのことに触れ、

「こんな差別は昔からあった」

だと。

ひどい。私は武道館で行なわれた日大の入学式に来賓として招かれたことがあるが、あの壮観を見せたかった。客席びっしりの学生も両親も誇らしげであった。そう、田舎から日大に現役で入るというのはなかなかのものなのである。

「上智とどんだけ差があるんだ」

と私などは思ってしまう。

もちろん上智大学は偏差値の高い名門大学であるが、私からしてみると、〝ケモノ道〟がいっぱいのところ。〝ケモノ道〟というのは、ふつうの一般受験以外で入ってくるルートのことだ。

私の担当編集者は、地方の公立高校から入試を受けて上智大学に合格した。大変な難関だった。しかし入ってから、入試で入ったのはクラスで自分ひとりではないかと疑うようになった。

「あとはぜーんぶ、帰国子女枠、推薦でした」

地方のミッション系の高校からの推薦、アメリカンスクールからも入れる……ごちゃごちゃしている。こういう抜け道を通って上智に入ってくる学生と、愚直に入試を受けて入ってくる日大生とが、これほど差をつけられるというのはいかがなものであろうか。今はどこの私立大学だって、入学生の半分はＡＯと推薦である。そして日本の学生は大学に入ればしめたもんである。後は勉強しなくてもたいてい卒業させてくれる。そして就職の時に知る現実。

「企業というのは、大学の名前しか見ていない」

ということ。

私も就職試験を四十数社落ちたが、このネット時代になってからは、もっと非情なことになっている。大学名を選別して設定して、あとは志望者を自動的にはじき出すだけだ。

テレビを見ていたら、どんなことをしても内定どころか、エントリーで落ちまくる女子大生が出て来て、

「私の存在を否定されたような気がする」

と語っていた。私は自分の過去と重ね、可哀想で涙が出てきた。

「だけどハヤシさん、アメリカというのは日本なんかと比べものにならないぐらいの学歴社会ですよ」

というのは、先日講演で訪れたロサンゼルスの方々だ。こちらで成功している日本人の方は、

第一世代、第二世代と違い、ご自分も日本やアメリカの大学を出ている。

「東部のアイビーリーグ卒業と、無名の州立大学とでは、会社に入ってからの給料がまるで違います。日本だったら、同じ会社に入れば東大卒でも三流大学卒でも給料は同じでしょう。だけどこちらは最初から差がついているんです。だからみんないい学校に入ろうと必死ですよ」

私はこんな話をした。

「今、日本でも子どもを世界の大学へ、という動きがありますよ。狭い日本の、東大や早慶をめざすんじゃなくて、こっちのハーバードやプリンストン、エールといった大学に入れようという学校がいくつか出てきてます。全寮制で授業がすべて英語、という学校が各地に出来てます」

私はこの話をアメリカに住む皆さんに喜んでもらえると思ってしたのであるが、反応は想像したのとは違っていた。

「アメリカの大学を出てどうするんですか？」

「えっ？」

「アメリカの大学なんか出たって就職先はありませんよ。よっぽどの超名門を出ない限り。それも中国や韓国の学生にいい勤め先はとられちゃいます」

カリフォルニアの新卒就職率は半分ぐらいだとその方は言った。

「地元の名門校ＵＳＣ（南カリフォルニア大学）を出たコも、インターンで無給で働いていますよ」

このあとの驚きを私は小説のネタにも使ったのであるが、今、こちらの流れはお子さんたちを日本の大学に行かせることだという。

「早稲田も慶應も上智も、九月入学で難なく入れます。東大も特別枠で入れるみたいですね。日本の大学のブランドを身につけて英語力もあれば、就職は有利だと思うんですよ」

私はとても複雑な気持ちになった。アメリカで成功したいわばフロンティアの方々が、またお子さんたちを日本に戻そうとするなんて。それもたかだか狭い島国の有名大学ではないか。私は「日大ショック」といい、この海外からのケモノ道といい、日本の教育のあり方がよくわからなくなってきたのである。

自己チューって……

ＡＳＫＡが逮捕されてえらい騒ぎになっている。一緒に覚醒剤をやっていた女性も、勤め先から過去のことまで徹底的に報道されている。

こういう過剰なぐらいの報道は、言ってみれば「薬物乱用撲滅キャンペーン」の一環であろう。どれほど有名人だろうと、社会的地位があろうと、芸能人だろうと、いったんクスリをやればすべてを失う。とことん叩かれる、ということを広く国民に知らしめるために、こういう報道はなされるのだろうと私は思うのだ。

「だけどなあ……」

長年ミーハーをやっている者としては、ある疑問を持たざるを得ない。

「あと五、六年してミソギが終わったら、きっとまた復帰だろうな。芸能界ってそういうところゆるいもんなァ……」

〇〇だって、△△だって、××だってそうだ。今、一線で活躍している人たちだ。

「あの人たちだって覚醒剤やってつかまったことあるよ」

と若い人たちに教えてやると、必ずウソーッと驚かれる。

「本当だよ。あなたたちが生まれる前のことだけどさ」

ASKAだって、ほとぼりがさめた頃にカムバックするに違いない。

またもうひとつの意見として、

「いや、いや、覚醒剤はそんなに甘いもんじゃない」

というのもある。

「ハヤシさん、一回身についた習慣は、そんな簡単にとれるもんじゃないよ。これから抜くために苦しむことになるんだ」

この報道がされている最中、私は友人から食事に誘われた。このところダイエットのために、炭水化物と甘いものを出来る限りとらないようにしている私。しかし連れて行ってくれたのはお鮨屋さんではないか。

ここで心を強く持ち、

「私はお米食べないようにしてるから、お刺身だけにしてください」

とか言えたら私も大物になるのであろうが、もちろん食べる。

「カウンターで食べないなんて失礼だから」

とか言いわけをいっぱいつくり、いっぱい食べる。お酒も飲む。そして酔っぱらって帰ってくると、私の中で制御装置のスイッチがパチンと音をたてて切れる。

どうなるかというと、酔った勢いで家にあるお菓子をがつがつ食べる。ふだんは口にすることもないチョコレートも、冷蔵庫からひっぱり出して食べる。

「これも依存症のひとつではないだろうか……」

とこの頃考えるようになった。お米や甘いものを断てないという依存症だ。

人は心の中で、自制心が細かく砕け散っていく瞬間がわかる時がある。誰かに後ろから羽がいじめして止めてほしいような欲望が、むくむくと大きくなっていくのだ。あれーっと思うぐらい一瞬にして巨大化する。そして戦うことをやめ、その欲望に身をまかしたとたんラクチンに楽しくなる時がある。これを依存しているというのではなかろうか。

ギャンブルも、昔は心が弱いとか、射幸心が強いなどと思われていたらしいのだが、今はズバリ、

「依存症でしょう」

ということになるようなのだ。

「だから韓国はパチンコが禁止ですよ」

と聞いて驚いた。多くの家庭崩壊を招いたパチンコは、国の方針でやめたというのである。

そう、パチンコもそうだが、「セックス依存症」というのも比較的新しい言葉である。新聞

で、

「タイガー・ウッズが、セックス依存症を治すためにリハビリ」

というのを読んでびっくりした記憶がある。こんなことを堂々と言っていいのか、と思うのだ。以前だったら「淫乱」と悪口を言われたかもしれない人たちも、「セックス依存症」というと、急に被害者めいてくるから不思議である。

この頃はあまり流行《はや》らないけれども、八〇年代ぐらいまでは、性的にとても過激な女性がもてはやされたことがある。〝千人斬り〟と名乗り、そのすごい性体験を得々と語るさまが、よくテレビや雑誌に出た。しかしあれを見るたびに病的なものを感じとったのは私だけではあるまい。どこかタガがはずれたような感じがしたのである。今思えば、それは依存症独特の現象かもしれない。

ところでタガがはずれた、といえばこのあいだすごいものを見てしまった。やたら出たがり屋の女社長のことを、一度このページで書いたことがある。

女性誌ではよく、有名人女性のグラビアというページが存在する。女優さんとか、たまに女性文化人が、自分の生き方だとか趣味について語り、見せる。このグラビアに出るにはもちろん資格がいる。知名度と読者の支持という資格だ。が、中にそんなもんはいらない、グラビアページなんかお金を出して買えばいいんでしょ、という考え方の人もいる。

その化粧品会社の女社長は、二週間ごとに自分のグラビアを二ページから四ページにわたってのせる。内容も盛りだくさん。観光名所を訪ねたり、愛犬との写真もある。人気ドラマにちなんだコスプレ姿も。が、先日もっとすごいものを見てしまった。

ロサンゼルスの帰り、羽田空港に降りた。するとあの女社長のお顔が出迎えてくれるのだ。着物を着て、自社の製品を持ってにっこりしている社長のお姿が何十もフラッグとなり、到着口からえんえんと続いているのだ。

日本に来た外国人がまず目にするものは、伊右衛門のポスターに出ている宮沢りえさんでもAKBでもない。あの微笑む女社長なのだ！　これって問題ないんでしょうか。依存症の人と、どこか根っ子はつながっているような気がして仕方ない。自己チューって、中毒のチューにもつながっているような……。

私の宇宙

耳かきが大好き、ということを大っぴらに言えないのはなぜであろうか。

やはり排泄にかかわるからに違いない。

よって人さまの家へ行き、電話機の横のもの入れに、鋏やボールペンと一緒に、耳かきがささっていたりするとびっくりする。こんなものを見ていいのかと思うほどだ。耳かきはひっそりと、誰にも知られないようにするものだと信じているからだ。

そして私は毎日耳かきをする。しない日はほとんどない。竹のヘラが耳にあたり、コリコリする時、体が痺れるぐらいの快感がある。

独身の頃、外から帰り、靴、上着、ストッキングと居間を通る途中でどんどん脱いでいき、パジャマになってベッドに横たわる。そして届けられたばかりの女性週刊誌を眺めながら耳掃除をする。その気持ちよさ、安堵感といったら……。

「これを失うぐらいなら、結婚しなくてもいい」

と本気で思ったぐらいである。

が、悩むことは何もなかった。結婚してしばらくたって私は知る。夫というものは妻などほとんど見ない。だから夫がいる時も、堂々と耳掃除をしてもへいちゃらなのだ。

これも独身時代のことになるが、あの頃私はよく海外旅行へ出かけた。耳かきはもちろん持っていった。

飛行機を降りてホテルに入る。そういう時、私はまずバスタブにお湯をいっぱい張り、入浴剤を入れた。泡がぶくぶく立って、いかにも海外のバスルームという感じだ。そして日本式に出来るだけ深く浴槽につかりながら、日本から持ってきた週刊誌を読みふける幸せ。その後、耳掃除をするとやっと落ち着いてくるというのは不思議だった。

だから旅行に必ず耳かきを持っていったものだ。万が一忘れた時は大変なことになる。諦めるしかないのだ。海外で耳かきはまず売っていない。皆が使っているのは綿棒である。

「うー、耳かき、耳かき、欲しいよ～」

禁断症状に陥って、どれほど苦しんだことであろう。

クスリをしたことはないが、耳かきぐらいでこれだけのつらさだ。クスリの禁断症状ってどれほどのものなのか想像もつかない。

ところで私が大学生であった四十年前のことだ。世の中にはTSUTAYAとブックオフはなかったが、貸本屋さんというのがあった。三十円だか五十円を出すと、たいていの新刊書を二日間借りることが出来た。時代小説などもっと安くて、二十円くらいだったような気がする。

ここで本を借り、うちに帰ってから読む楽しさといったらない。もちろん耳かきも一緒にする。

そんなある日、顔なじみとなった貸本屋のおばさんと世間話をした。本が好きだねー、ぐらいのお世辞は言ってくれたような記憶がある。料金を払って出ようとした時だ。

「お客さん、ちょっと」

と呼びとめられた。おばさんがニヤニヤ笑っている。

「こんなの入ってましたよ」

私は顔が真っ赤になってしまった。なぜなら本の〝しおり〟がわりに、私は耳かきをはさんでいたからだ。

恥ずかしさのあまりあわてて店を出た。

そしてあれは、今から七年ぐらい前になろうか。あるところへ行った。場所を言うと人物が特定されそうなので、ある観光地ということにしよう。その日訪れた目的は、山のてっぺん近くにあるレストランへ行くことであった。そのためカーブの山道を上がっていく。

駅前のタクシー乗り場で既に予兆はあった。ものすごいお歳のドライバーにあたってしまったのだ。八十一歳だと言う。運転手さんは最初はふつうに運転してくれていたのであるが、そのうちにケイタイでお喋りを始めるではないか。今は山のくねくね道を上がっている最中だ。カーブが多く、かなりの注意をはらって運転してくれるべきなのに、運転手さんはケイタイをやめない。交通量は多い。向こうから山を降りてくるトラックが……。なのにケイタイ片手にぺちゃくちゃ……。トラックが近づいてくる。あぶない！　と何度も私は叫んだ。しかし無視されている。ついにたまりかねて私は叫んだ。

「運転手さん、いい加減にしてください。警察に連絡しますよッ」

そうしたら降りる時、ゴメンねと謝ってくれ、手づくりという可愛いお人形の耳かきをくれたのだ。

その耳かきを長年愛用していたのであるが、つい最近紛失してしまった。

「ない、ない、ない」

探してもムダだった。私は四日間我慢した。だが五日めになると頭がヘンになりそう。そんなわけで、近くのドラッグストアに出かけた。ところが耳かきがない。レジの店員さんに聞くのも恥ずかしく、私は店を見回した。が、やはり不明。五周して諦めかけた頃に店員さんが売場にやってきたのだ。

「耳かき探してるんですが……」

と言ってやっと手に入れた嬉しさ。

そういえば、耳を毎日いじるとよくないことが起きると、医師たちは警告する。私の場合、やり過ぎて血が出たことが何度もある。十日間我慢しようとしても出来ない。一日中耳のことばかり考えている。そして自分の心に負けて耳かきを持つ。血が出る。人生はこの繰り返しだ。

実は耳は私の宇宙なのだ。

言葉について

ＮＨＫの朝ドラ「花子とアン」が大好評で、わがことのように嬉しい。

なんたって、脚本を書いているのは大の仲よしの中園ミホさんだし、舞台となっているのは
わが故郷の山梨である。

あちらに帰るたびに、

「本当に面白いじゃんねぇ」

という人々の声を聞く。甲州弁が全国的に有名になっているのが、みんな嬉しくてたまらないのだ。

私も東京でいろんな人から、

「ハヤシさん、山梨では本当に〝こぴっと〟なんて言うの？」

とよく聞かれる。

「もちろん言うさよー」

朝ドラが始まって以来、なぜかやたら会話に甲州弁が混じってしまう私である。

「あとさ、もっと知って欲しい言葉に〝わにわにしちょ〟〝ちょびちょびしちょ〟というのもあるだよ」

〝わにわにしちょ〟というのは、にやつくな、という意味であろうか。ちなみに「しちょ」というのは命令形で「するな」である。

私は子どもの時、毎日のように〝ちょびちょびしちょ〟と言われた。落ち着きのない行動はやめなさい、という意味である。これが年頃になっていくと、〝ちょびちょび〟というのは微妙なニュアンスを帯びていく。

「あいつちょびちょびしている」

と男子の同級生に言われるのは、

「ちょっと気になる、目立つ女の子じゃん」

ということなのだ。

私の家は父親が東京の人だったので、それほど甲州弁を使っていなかったと思う。高校に入って、よその中学から来た女の子たちに、

「てっ（ドラマでおなじみの感嘆詞）、カノイワの人は標準語を喋るだね」

と驚かれた。

カノイワというのは駅前のあたりの地域で、その学区ではいちばんの都会と認識されていた。

おかげで、

「やっぱり私って、他の山の方から来たコとは違うのね」

一瞬であるが、間違った優越感を持ったことがあるのだ。

が、東京へ出たら、みなが私の言葉をおかしいと言う。

「イントネーションがヘン」

なのだそうだ。たとえばよく指摘された言葉に「サクランボ」がある。私はクにアクセントを置くらしい。あと「ピアノ」も違っているそうだ。

らしい、とか、そうだ、と言うのは、私がアクセントというものを全くわかっていないからである。

英語の試験に、

「次の言葉のアクセントを示せ」

という問題がある。

例えば、

「"fascination"のアクセントはどちらか？　次のａ、.ｉの下にある（　）のどれかに◯をつけなさい」

とあると、私はまるでわからなくなる。

「アクセントとは、大きく声を出すことであろうか」

まずaのところを強く言ってみる。もちろん試験中なので、口を大きく開けて発音したつもりになる。今度はiを強く言ってみる。それもいいような気がしてきた。混乱する。どちらもいいように思い、適当に◯をする。

おかげで私は、中高時代を通して、英語のアクセントの設問はいつもゼロ点であったと記憶している。

大人になった今も、私は誰かに聞いてみたい。

「アクセントっていったい何ですか？」

ところで、甲州弁はとても汚い言葉だと言われていた。マツコ・デラックスさんに深夜番組で、

「日本でいちばんヤバい言葉」

とからかわれたこともある。しかし若い女の子が甲州弁で、

「ほーけー」

「そんなこん言っちょしィ」

なんて言い合ってるのはとても可愛い。

甲州弁に限らず、若い女の子が方言を喋るのはとてもいいものである。

仲のいい若い友人に、青森の津軽のコがいる。東京にいた時は、「青森ナンバー」のスポー

ツカータイプの車を乗りまわしていた。実家から持ってきたのだそうだ。

お金持ちのコだったので、麻布のマンションに住んで、都会を楽しそうに生きていた。おうちの都合で帰郷したのが数年前。ねぷた祭りを見るためなどで行くたびに驚く。彼女の喋っている言葉が半分も理解出来ないのだ。

「それは仕方ねぇべさ」

「おがしくねぇか」

綺麗な女性の口から出る津軽弁は、とても愛らしく魅力的で、彼女がたまらなく素朴でいい子に思えてしまう。

そこへいくと京都弁はちょっとイヤらしいかもしれない。あちら出身の女性というのは、京都弁がいかに東京でモテるかよく知っているからだ。

そもそも関東の男というのは、京都の女性というだけで目を輝かす。

「いややわー、うち、ようわからん」

などと相手が言おうものなら、身もだえするぐらい喜んでしまう。彼女たちはふだんは標準語を喋る。が、ここぞと言う時は京言葉に変わる。ズルい。

これとは対照的に、大阪男というのはのべつまくなしに関西弁を喋りまくる。東京に来てもほとんど直そうとしない。中年になっていくにつれ、ネイティブ度は磨かれていくばかりだ。

大阪は東京と並ぶ大都市であることを知り抜いているからに違いない。言葉というのは勢力であるとつくづく思う私。

この頃海外で聞こえてくるのは、中国語ばかりである。

運転手さんの視点

梅雨空の日が続くと思うと、突然真夏の太陽が顔を出したりする。となるとメトロ派の私も、ついタクシーを利用することになる。都心へ往復するとなると結構高いが、やさしい秘書ハタケヤマは、

「ハヤシさんはこんなに一生懸命働いているんだから、タクシーぐらい好きなように乗っちゃってください」

とすぐに無線タクシーを呼んでくれるのだ。

おかげで、この町内のタクシー業界で私はちょっとした有名人かもしれない。駅からうちまでは歩いて十分ぐらいの距離だ。いつもなら当然歩いて帰るのであるが、荷物が多い時や雨の日はつい乗ってしまう。

「○○○までお願いします」

○○○というのは公共施設でそれを目印にまず行ってくださいということになる。するとかなりの頻度で、
「ご自宅でいいんですよね」

と念を押される。

町内の駅待ちの車だと、私の家を知っている人が多いらしい。

「出版社の方ですかね、お客さんがよく乗ってかれますよ」

「ふうーん、ちょっと元気ないですね、十分ぐらいの距離なのに」

自分のことは棚に上げ、そんなことを言う私。

「ハヤシさんはどうしていつも乗ってくれないんですか」

「いやぁー、ワンメーターの距離ですから申しわけないと……」

「そんなことないですよ。こうして駅待ちのタクシーは近いところをぐるぐるまわってますから。僕なんかそれで結構売り上げ上の方ですよ。ですから今度から遠慮しないで乗ってくださいね」

が、これは都会のタクシーの話。田舎だとそんなことはない。

母のところへ行くため、週に一度ぐらい山梨に帰り、駅前からタクシーに乗る。その間五分ぐらい。

うちの弟はいつもイヤーな思いをしているそうだ。行先を言うと、たいていの運転手さんが

ブスっとして返事をしないという。

「アンタも悪いわよ」

私は教えてやった。

「七百三十円でお釣りとるからそういうことになるの。私みたいに降りる時千円札さっと出して『近いところすみませんでしたね。お釣りいりませんよ』と言えば、だんだん顔も憶えてくれて感じよく送ってくれるわよ」

「そんなこと絶対にイヤだ」

誰に似たのかこの男は、ケチなうえに頑固である。おまけに理屈っぽい。

「だいたいこんな田舎の駅に、いつも二十台以上、客待ちしているのがおかしい。遠距離の列車が着くのは一時間に一本ぐらい。近くの観光地まではせいぜい千五百円ぐらい。経済効率から考えると、この規模にこれだけのタクシーの数がそもそも間違ってるんだよ」

実は私もかねがね不思議であった。わがふる里のタクシーの運転手さんたちは、いったいどうやって生活しているのであろうか。感じのよさそうな運転手さんの機嫌がよさそうな時に、遠まわしに聞いてみた。

「たいてい農家を一緒にやっているし、みんな家もあるからそんなに困らないんじゃないの」

とのこと。

「それにね、年金以上稼ぐと税金がいちいちめんどうくさいことになるから、そんなに働かなくていいんだよ」

とのこと。これでやっと安心して乗れる。

ところで私ぐらいタクシーを利用していると、面白いことに出会う確率がぐっと高くなる。私のことなど知らないと思うのであるが、なぜか私生活を打ち明ける人が多いのだ。

「お客さん、うちの女房は二十歳なんです」

突然打ち明けられたことがある。えーっと驚く私。後頭部の白髪の具合いからして初老の人とお見うけしたからである。

「僕はね、今、六十七歳なんだけど、二年前フィリピン旅行したら、現地の子と知り合って、それでちょっと文通始めたらそういうことになっちゃって……」

「ふうーん……」

コメントがむずかしい例である。この他、

「東大出てる」

「有名な甲子園球児だった」

「新聞社に勤めている」

という息子自慢はよく聞く車内ネタである。

「いつも表参道を走らせるたび、行列が気になって仕方ありませんでした」

若い運転手さんが急に話しかけてきた。ちょうど表参道を走っている時であった。ここは大雪の日も大雨の日も、いくつもの長い人の列が出来る。ポップコーンにチョコレートピザの店……。

「チョコピザを食べたくて、休みの日にそれらしい行列に並んだんです。あとどのくらいですかと聞いたら十五分だというのでホッとしました。

『それでお持ち帰り出来るんですか？』

と聞いたら、けげんな顔をされ、そしてみんな大笑いですよ。僕は気づかなかったんですけど、元AKBの板野友美ちゃんの握手会に並んでいたんですね」

これもつい先日のことであるが、某大スターと新潮社の中瀬ゆかりさんとの三人で食事をした。日本人なら誰でも知っている大スターであるが、気さくで女性にやさしい彼は先に私をタクシーに乗せ、中瀬さんと二人で見送ってくれたのである。お互い手を振って別れる。

「お客さん、今の人……」

運転手の声は感激のあまり、震えていた。そう、今の人はあのスター歌手さんよ。

「今の人、編集者の中瀬ゆかりさんじゃないですか！」

私はシートにのけぞるくらいびっくりした。私はともかく彼にはあの大スターが全く目に入ってなかったのか。

「僕は『5時に夢中！』の大ファンなんです。あの人面白いですよね。それに実物はキレイですねえ。いやぁー、嬉しいな」

運転手さんの人の見分け方を、今度じっくり取材してみたいものだ。

私のスリル

新聞の連載小説を書いている間は、まず長い旅行は出来ない。

その昔、一ケ月間アメリカ各地を旅しながら新聞の連載小説を書いたことがあるが、自分でもよくあんな元気と勇気があったと感心する。行く先々の都市でファックスを見つけるのが大変な作業であった。たいていはホテルのファックスを借りたが、日本の商社のものをお借りすることもあった。日本のそこの会社の方を通して特別にお願いしたのである。

「使用料おいくらですか」

と日本人女性の事務の方に聞いたら、後から請求するという。帰国してしばらくたってから三千円の請求がきた。不思議な気がした。あの時支払ってもよかったのでは。

やがて私はファックスを借りることに嫌気がさしてしまい、旅の終わり頃、ロスかサンフランシスコでポータブルファックスを買ってしまった。確か二十四万円ぐらいだったと思う。当時はまだ高かった。

さて一ケ月のアメリカ旅行が終わると、その足でパリに行くことになっていた。向こうで友だちと待ち合わせしていたのである。

そしてそのポータブルファックスを持ち歩くことにうんざりしていた私は、ニューヨークの空港で手放すことにした。それまで旅を共にしてきた通訳の方にプレゼントしたのだ。

やがて後に日本に帰った私に奇妙な一枚のペーパーが送られてきた。それは兄嫁のワルグチであった。くどくどいろんなことが書いてある。通訳の女性が日本の実家に送るつもりで間違って私のところに送ってしまったのだ……。

結構楽しい旅であったが、もうあんなことは出来ない。世の中にはほとんどファックスが存在しなくなったからである。

今回新聞小説の連載を始めるにあたり、私はノート型パソコンを購入した。これさえあれば長い旅行も可能と思ったのだ。が、私がパソコンを打つスピードは本当に遅い。指の動きと頭の中で考えていることがうまくつながってくれないのである。キイを打っているうち、何を書きたかったか浮かんでこなくなることがある。つまりパソコンに慣れていないのだ。イヤイヤキイを打つから少しも進歩しない。

というわけでまた元の手書きに戻ってしまった。すると行動が限られてくる。旅行はせいぜいが二泊、しかもうんと近くで、ということになるのだ。

「札幌に行こう」

　ということで話がまとまった。札幌に三千坪近い、日本でいちばん売場面積の大きい本屋さんがあると話をしたところ、編集者たちがみんな見たいと言い出したのだ（現在は仙台蔦屋書店が売り場面積を少し越した）。

「みんなで行こうね」

　と盛り上がったのであるが、実際に行くことになったのは三人だけだった。私が秘かに「三銃士」と呼んでいるイケメン三人組だ。

「ハヤシさん、荷物持たせてくださいよ」

「いいわよ。自分の荷物は自分で持ちましょうよ」

「いいえ、僕、片手が空いてますから」

　とさっと持ってくれる。私は若い男性たちにこんなに親切にされうきうきしていたのであるが、すぐに気づいた。

「年寄りの作家の手をひいてくれる感覚なのだ」

　そう、それ以外はない。

　札幌に着いてすぐ、皆で「日本一の書店さん」に向かった。広さと品揃えの凄さに、

「カルチャーショックを受けた」

　と皆は言ったものだ。

「哲学や心理学の本をこんなにいっぱい置いておけるなんてすごいねぇ」

「本当だよね。なまじの図書館よりもずっと本が置いてあるよね」

皆で時間を忘れ、売場の隅から隅まで歩いたが一日中いられるわけはない。書店の車で札幌駅まで送ってもらった。洞爺湖まで行くことになっているのだ。

「ハヤシさん、日本一の書店を見たんだから、日本でいちばんデラックスなところに泊まりましょうよ」

ということで、洞爺湖畔に立つザ・ウィンザーホテル洞爺にチェックインしたのである。ここに来たのは四度めで、広いホールと美しい生け花に見憶えがあった。

その夜の楽しい夕食のあと、若い編集者が遠慮がちに言った。

「ハヤシさん、今日何か予定していることありますか」

「そうねぇ、霧も出ているんで部屋で本でも読んでいようか」

「実はエステの予約もしておきましたんで後でぜひいらしてください」

「エステですって」

男の人にしては気がきいている。疲れているのでさっそくスパに行った。

「いらっしゃいませ、ハヤシさま。七年ぶりですよ」

なんと当時のカルテがちゃんと保存してあるとのことであった。

「ハヤシさま、今日は『ウィズダム　オブ　アイヌ』にもうご予約いただいてますがよろしいですか」

「それはどんなものなんですか」

「アイヌの人たちに昔から伝わる素材を集めたんです」

まずキナ粉とゴマで顔を洗い、その後はヨモギで肌を整えた。私は自分が巨大なオハギとなったような気がした。あたりにはキナ粉とゴマのにおいが漂う。

最後にパックをすると、これは、

「鮭の白子を使ったものです」

とのことである。とても気持ちがいいが、やはりまわりにシャケのにおいが漂っているような。

そして帰りは空港まで車で。列車の旅もよかったが、こちらの方が自然を満喫出来る。飛行機は夕方到着で、帰ってくるとぐったり。

結局新聞の連載小説は一枚も書けずじまいであった。こうして日にちだけが過ぎ、私は綱渡りのスリルを味わうことになる。

レリゴー！

都議会のヤジ問題は、海外メディアでも報道されたとか。

あのシーンをニュースで見て、

「都議会ってこんなにレベルが低いんだ」

と驚いた人は多いに違いない。

あれに比べるとテレビ中継される国会のヤジの方がまだマシだ。一応議論のテーマに沿ってのヤジである。

さて質問する塩村議員が壇上に立つ時、「うふっ」と笑って髪を耳のうしろにかき上げた。

その女の子っぽいしぐさにちょっと違和感をもった私。

「都議会って、こんな女性議員いるんだ……」

と思ったものの、これはあくまでも私の個人的感想である。これとあれとは別ものだ。

塩村さんが若くて綺麗な女性だったので、

「おそらくマスコミ、この人をつつくだろうなぁ」

と予想していたら案の定、「週刊新潮」と「週刊文春」が彼女を取り上げている。もちろん好意的にではない。なんと「週刊新潮」は、

「実は女の敵」

とまで書いてあるではないか。

しかしこれは絶対におかしい。いくら塩村さんが「恋のから騒ぎ」に出ていようと、別れた男から慰謝料千五百万円もらっていようと、賃貸トラブルで裁判を起こしていようと、この出来ごとにおいて彼女はあくまでも被害者ではないか。

これって、痴漢に遭うのは、

「露出の多い服を着ていたから」

という論理と同じである。

ひいては桶川事件の時の女子大生へのイメージづくりのようなことまで連想してしまう。異常なストーカーにつきまとわれていた女子大生が警察に相談をした。しかし対応が悪くて殺されてしまう。すると自分たちのミスをカバーしようと、警察は、

「被害者は夜のバイトをしていた」

などという情報を流し、マスコミは、

「ブランド好きのしたたかな女」

というイメージをつくり上げた。

塩村さんについての報道というのは、第二のセクハラではないかと私は思う。

そもそも女性の政治家というのは、日常的にかなりのセクハラに遭っているらしい。ある代議士に聞いたところ、当選してかなりたってからも、支持者の集まりに行くとお尻を触りまくられたとか。大物のセンセイからは、かなり露骨な扱いもあったようだ。

議員ばかりではない。女性の記者の話もすさまじいものがある。新聞社に勤める私のかつての担当編集者は、地方支局でサツまわりをしていた。夜遅くまで県警本部長の自宅でずっと待っていたこともあるそうだ。単身赴任者も多く、酔っぱらって帰ってきた彼らはいつも品行方正とは限らない。

「手ぐらい握らせますよ。そこでセクハラ！　って騒いだらそれまでじゃないですか。すごい特ダネの時はキスだってさせました」

ひぇー、すごい話だなあと、その時は彼女のプロ根性に感心したものの、後でこう考えた。

「そういうことを代々許してきたから、彼女の後輩も同じことをされるんだ」

もっとも彼女の話は十数年前のことで、今はコンプライアンスが強く言われるようになり、警察の方もそう大胆なことは出来ないようである。

ところで全く話は変わるようであるが、ディズニー映画「アナと雪の女王」の人気が衰えることがない。公開以来興行成績はずっと一位だし、主題歌のCDの売り上げも長く上位を誇っている。

実はこの映画、試写を見ていた。

「姉妹が可愛い。スパンコールのひとつひとつが輝いていてすごい技術ですね」

なんてことしか言わなかったのは、なんてうかつだったのであろうか。

あの映画の最大の魅力は、すべてをかなぐり捨てて山へ向かう女王のあの歌である。

「レリゴー（Let it go）、レリゴー、ありのままの姿見せるのよ。ありのままの自分になるの」

そう、昨日までの私を捨てて、もう隠しごとをしない。魂のおもむくままに私は生きていくの……。

ここになると、みんなで歌えるように配慮した映画館もあるらしい。テレビを見ていたら、かなり年の女性も、少女もみな立ち上がって、

「レリゴー、レリゴー」

と大合唱をしていた。この声はこの国に生きる女性たちの叫びなのである。

「ありのままの自分になるの」

この言葉がこんなにわが国の女性の心をとらえているのだ。

今まで女優さんたちがインタビューで好んで使うフレーズ、

「自分に正直に生きてきた」

「私らしく生きていきたい」

というのが大嫌いだった私。

「大正昭和ならいざ知らず、今の世の中、自分の好きなように生きるなんてかんたんじゃん。それをわざわざエラそうに言うことないわよ。ましてや特別の仕事してるんだし……」

と苦々しく思っていた。

けれども女優さんだってそうなのだから、ましてやふつうの女性が、

「ありのままの自分になるの〜〜」

というのはつくづく大変なことなのだとこの頃はわかる。

昨日も会社社長の女友だちの、

「あの塩村って議員もなってないよ。あんなヤジ受けたらキッと睨み返して、『じゃ、あなた私と結婚してくれるんですか』とか怒鳴り返すぐらいじゃなきゃ議員やってても仕方ないでしょ」

という言葉に、

「世の中、あなたみたいに気が強い女ばかりじゃないよ」

と私は言い返していた。そうだよ、塩村議員は少しも悪くない。いろんな人がいて、いろんな風に行動する。レリゴ〜〜、レリゴ〜〜。

勘違い

タイトルを言うと失礼になるから、言えないのがつらいのであるが、ある大女優さんからお芝居の案内をいただいた。タイトルからして、シェイクスピアのストレートプレイだと思い込んでいた私。

劇場は聞いたことがない新しいところだ。そして行ってみたら、若い女の子でいっぱい。しかし私はまだ気づかない。中のポスターを見て初めてわかった。

アイドル歌手のミュージカルだったのである。

私の友人はもっとひどい。

今年、かの宝塚歌劇が創立百周年だったのはご存知のとおりだ。式典のプラチナチケットを二枚もらった彼女は、熱烈なヅカファンを誘って、二人で意気揚々と出かけた。行ったところは東京宝塚劇場である。が、様子がおかしい。そしてもう一度チケットを見て真っ青になった。

東京生まれ東京育ちの彼女は、宝塚劇場というと日比谷にあるあそこだと思い込んでいた。兵庫県にある宝塚大劇場のことなど、全く思いも寄らなかったらしい。

こういう人の失敗談を聞くのは本当に楽しいものだ。

勘違いするのは自分だけでないとわかるからである。

私がよく間違えるのは、

「八芳園と椿山荘」

今はもう失くなってしまったけれども「セゾン劇場とPARCO劇場」

「六本木ヒルズとアークヒルズ」

間違えて、どちらかへ行くことはしょっちゅうである。

が、こういう場所の間違いは、慌ててひき返せばいいことなのであるが、困るのが人の間違いである。

私が人の顔と名前を憶えられないのは昔からであるが、この頃は年のせいでますますひどいことになっている。人を取り違えて喋るのはよくあることだ。

時々歌舞伎の方にお会いすることがある。あるパーティーで若く美しい女性に挨拶された。

確か梨園のお嬢さまで……。

「えーと、お兄さん、お元気ですか」

「いいえ、私には兄はいません」

「○○○さんの妹さんですよね」

「いいえ、私は△△△の娘です」

歌舞伎はよく見ている方だと思うが、一瞬にして頭の中で家系図をつくり、それを反芻するのは大変。よく間違える。おまけにこの頃、歌舞伎の方は仲間うちで結婚されるので、ますますこんがらがってしまうのだ。

これはもうかなり前のことであるが、若い歌舞伎俳優のAさんのお母さんだと思い込み、Bさんのお母さんに話しかけていた。

「Aさん、この頃すごおくいいですねえ」

「そうですか」

「そうですよ。もう、若手の中ではいちばんですよォ。ダントツです。他の人はかなわない」

「ああ、そうですよね」

とお母さんは笑ったのであるが、傍にいた女の番頭さんがすごく嫌な顔をしていた。お母さんを間違えていたとわかったのはそのすぐ後のことだ。

そんな生半可な知識で話しかけなければいいと思うのであるが、知った顔があるとつい愛想を口にしてしまうのが私のいけないところだ。

そして歌舞伎の家系図より間違っているとさらに失礼なことになるのが夫婦関係であるが、出版業界、くっついたり離れたりが多いので本当に複雑なのである。

あるところの編集者が、新しく担当になった挨拶にやってきた。その時、彼女がまず口にしたことが、

「ハヤシさん、いつぞやは私の主人の結婚式に出てくださってありがとうございました」

「？」

全く意味がわからなかった。なぜなら彼女とは初対面なのだ。しかしようやく謎が解けた。その会社で私の担当編集者をしてくれていたA子さん。そのA子さんが会社の先輩と結婚することになり、私は披露宴に招かれた。が、何年もしないうちにA子さん夫婦は離婚した。そのダンナさんはやがて同じ会社のB子さんと再婚し、彼女が今度私の担当となったわけなのだ。

先日、エッセイストの勝見洋一さんをしのぶ会に出席した。

勝見さんには本当に仲よくしていただいた。独身の頃から知っていたのであるが、私が結婚してからさらに親しくなった。人づき合いが悪く、他人にあまり心を開かない夫が、同い齢ということもあり勝見さんとすぐにうちとけた。勝見さんは中国のオーソリティーだったので、上海や北京によく連れていってくれた。

「中国はものすごい勢いで変わってるから、今行かなきゃダメだよ」

と言ったのが二十二年前。またどちらも当時バンクーバーに別荘を持っていたので、よく行き来した。料理の天才でもある勝見さんは現地の材料を使って、ひょいとご馳走をつくってくれる。お喋りをしながら生地を練り魚の形にしてサーモンパイをつくってくれたのにはたまげ

たっけ。東京では偶然通りを一本へだてたご近所同士となった。

まさに隠れた「知の巨人」で、文学、歴史、美術、オーディオ、美食、ワイン、すべてのことにたけていた。が、その知を商売にすることをせず、優雅に趣味にしてしまったような気がする。

しのぶ会には、有名シェフらたくさんの人たちが集まった。場所は銀座の高級中国料理店である。そして、

「香典、喪服はいっさい無用」

と、いっさいを取り仕切った女性がいた。司会も自分でして見事な差配であった。途中で気づいた人は多かったはずだ。

「あれ？　桐島洋子さんって、勝見さんと随分前に別れてたはずだよなァ。まだ奥さんだっけ？」

離婚しても気が合っていることには変わりない。ずっと仲よくつき合い、新しい奥さんと共に最期を看取ったらしい。みんなを一瞬勘違いさせて、こういうのってカッコよすぎるよなァ。

再会のとき

今から四十二年前、大学の入学式に臨んだ私達は、誰一人彼女のことを新入生だとは思わなかった。

失礼ながらそのくらいフケていたのである。

中年女性のような丸っこい体型に、長いフレアスカート。お団子にきりりと髪を結い上げていた。当時そのような髪型の女の子はほとんどいなかったので、彼女を見た人は付き添いのお母さんだとはなから思ったのだ。

それが同級生とわかってみんなびっくりしたものだ。

が、二年間言葉を交すことはなかった。親しくなったのは三年生になってからである。

なぜか急に仲よくなったA子さんという同級生がいた。美人で華やかでとても色っぽい。このA子さんの親友が、あのお団子ヘアのB子さんだったのである。それから三人で仲よくなったかというと微妙なところで、私はB子さんが少々苦手であった。下町娘の彼女は、ちゃきちゃきとして気が強い。田舎のトロいネエちゃんである私とは、ウマが合うはずもなかった。A子さんのマンションにいりびたり、皆で麻雀に励むようになってもそれは変わらない。

B子さんは赤信号も平気で渡る。

「こっちとら、医者のひとり娘なんだから、あんたらケガさせたら大変なことになるよ」

と車の運転手さんに向かって、叫ぶのだ。

お医者さんのお父さんと、芸者さんのお母さんとが結婚を反対されて駆け落ちした。それで生まれたのが私よと、かなり自慢めいて聞かされた。当時お母さんは下町で料亭を経営していたはず。そのわりには、粋なところもなかった……。

などと失礼なことばかり書いたが、親切にしてくれたこともちろんある。彼女の弟さんはあの頃、私立の医大に通っていたので、そのツテでしょっちゅう医大生のダンパ（懐かしい響きですね）に誘ってくれた。私も期待して出かけたが、美人のA子さんにすべてかっさらわれたのは言うまでもない。

卒業してからは全く音信不通であったが、今から十五年前のこと、友人に誘われた。

「銀座にものすごいイケメンのソムリエがいるから行きましょうよ」

並木通りの高級フランス料理店に入ってびっくり。なんとB子さんが出迎えてくれたのである。マダムとして。一人でこの店を開いたのだという。私たちは再会を喜びあった。

そのレストランは結構有名になり、グルメガイドにも出るようになった。が、ある日突然閉店したではないか。青山に同じ名前の店が出来て行ってみたところ、シェフやソムリエたちが口を揃えて言った。

「自分たちも何が何だかわからないんです。突然マダムから閉店を告げられたんですよ。マダムの行方もわかりません」

それからまた五年の月日がたった先週のこと。編集者と食事をすることになり、銀座の雑居ビルの二階にある小料理屋に入った。テーブルが四つだけの小さな店である。

「おしぼりどうぞ」

と持ってきてくれたおかみさんを見て、思わず声をあげた。B子さんではないか。なんでも人に騙され、お金も店も手放すことになった。この店は板前さんを雇うお金もなく、一人でやっているそうだ。

こう書くと悲惨なようであるが、毎朝築地で仕入れるお魚料理のおいしかったこと。またムーミンに出てくるミイそっくりのB子さんの外見が全く年をとっていないことにほっとした。あの十八歳の時から大きな変化がほとんどないのだ。

さらにこんなことを言うと失礼かもしれないが、高級フレンチのマダムよりも、エプロンをつけた小料理屋のおかみさんの方がずっと彼女に似合っていたのである。

さて、こんな再会は嬉しいが、あまりにもドジをふんでしまった再会もある。

つい昨日のこと、漫画家のサイモンさんのうちに、夕飯のご招待を受けた。

「病院をチェーンで持ってる、ものすごい大金持ちのお医者さんもくるの。彼、もうじき四十なのに独身だからだれか紹介してあげてよ」

「わかった、まかせて。お嬢さまはよく頼まれるんだけど、男性がいないのよね」

そしてその青年と名刺交換しようとすると、

「いや、僕はハヤシさんに一度お会いしてます。○○さんとご一緒の時ですよ」
○○さんというのは有名なセレブの方で顔も広い。何かの折に紹介されたんだろうと気にもとめなかった。やがて食事がすすむにつれ、皆がそのドクターが結婚しないことをからかい始めた。
「ゲイ疑惑が強まってるよ」

「いやあ、そんなことありません。僕は結婚したいと思ってます」

「じゃあ、どんな人が好みなの」

としつこく尋ねる私。

「やっぱりうちを守ってくれるしとやかな人!? 仕方ないわねえ。私がこれぞという人を見つけてあげるわよ。早くメルアド渡しなさい」

酔った仲人おばさんの私は彼にからみ始めた。それを困ったように見つめるドクターは、やがて口を開いた。

「ハヤシさん、あの日のこと本当に憶えてないんですか」

それでいっぺんに理解した。◯◯さんから頼まれ、この青年に年頃のお嬢さんをひきあわせたのは今から三年前のこと。私はすっかり忘れていたのである。

「無理ないですよ。ハヤシさん、あの時すごく忙しそうで、途中でさっさと帰っちゃいましたから」

と慰めてくれたのであるが、呆け始めたかと本気で悩んだ夜であった。

アンチエイジング

ダイエットにも流行りすたりがあり、私が若いころは「油抜き」が圧倒的に人気を誇っていた。

そう、かの鈴木その子さんが提唱したあれだ。『やせたい人は食べなさい』という本は大ベストセラーになった。

この「油抜き」は、贅沢をしないとわりとカンタンに出来る。当時私の住んでいたコーポの近くに「ほかほか弁当」が出来、私は毎日ここで昼食を買うようになった。いちばん安い海苔弁が「油抜き」にいちばん適している。しかし問題が。この海苔弁にはコロッケが上にのっかっているのである。

私はいつも、

「コロッケはいりません」

とお願いしたのであるが、なじみでない店員さんだとけげんな顔をされ、

「料金は同じだけどいいですか」

と念を押されたものだ。

レストランではサラダを頼み、ご飯に塩をふって食べた。

若かったこともあり、みるみるうちに痩せていった。当時は9号サイズもすんなり入ったはずである。

よく人から、

「ハヤシさんって、痩せている時と太っている時の差がすごく激しいけど、世間の人の記憶にあるのは、ものすごいデブの時なのね。そこでイメージが固定されてるのね」

と言われて本当に口惜しい……。

そして十数年前からやっている「糖質制限ダイエット」というのはご存知のとおり。今のようにブームになる前からずっとやっている。

昨年のこと、これに反発するように、

「糖質制限は体に悪い」

という声もあがった。そうかもねと、ラクな方に自分を持っていくのが私の悪いクセである。

試しにお鮨やおそば、定食のごはんをふつうに食べていたら、二ケ月くらいでむくむく太り出し、五キロ体重が増えた。

やっぱり糖質制限は痩せるらしい。そしてリバウンドもすごい……。

などということをいつも作曲家のサエグサさんと話し合っている。サエグサさんは、私よりもすごいダイエットオタクの上に、健康オタクでもある。いつも山のようにサプリメントを飲み、専門のクリニックに通っている。情報収集のすごさときたら、おそらく日本でも何番めかの人であろう。最新の治療や医師を知っている。おまけに親切のエネルギーがケタはずれの人なので、人に勧めることにも熱心だ。

私のまわりには実はこういう人が多い。なにごとか成功した人というのは、健康に関してもなみなみならぬ自信を持ち、その秘訣の一端を人にわけ与えずにはいられない。

女社長のオクタニさんもその一人だ。私は彼女から朝鮮ニンジンの生ジュース、うちに来てくれるストレッチ体操のトレーナー、水素水などたくさんのものを教えられた。

ついこのあいだも電話がかかってきた。

「ねえーねぇ、○○○って知ってる?」

早口なのでよく聞きとれない。

「私は去年からこれやってるんだけど、ものすごいわよ……。私がこんな忙しさに倒れることなくやってこれたのもあれのせいだと思うの」

「ふーん」

確かにものすごくパワフルだもんな。

「それでね、この◯◯◯はめったに予約取れないんだけど、なんとかハヤシさんの分も取ってあげたのよ」

この人はわりと恩着せがましいので、つい有難い気持ちになる。

「わー、ありがとうね」

「それじゃあ、来月の◯日ね。遠いところにあるから、タクシー割りカンで行きましょうね」

と電話は切れた。

そして約束の日の少し前、サエグサさんからメールが入ってきた。

「日本に百五十ぱいしか入ってこない黄色の蟹が、いきつけの中国料理店で食べられるって。明日のランチ予約したけど来ない」

「わー、行く、行く」

そう、私たちは万年ダイエッターでありながら、食べることが何よりも好きときている。

やがてレストランに現れたサエグサさんは、Tシャツにサングラス、デニムをちょん切ったショートパンツをはいている。裾がほつれたやつだ。こんな若向きのものをちゃんと着こなしてカッコいい七十二歳ってまずいないと思う。確かに健康サプリや治療法は効いているらしい。

話題の黄油蟹、バタークラブをほじくりながら私は言った。

「ところで◯◯◯っていうアンチエイジング知ってますか？　オクタニさんと一緒に行くんだけど」

「ああ、あれなら僕もやったよ」

さすがにとっくに試していた。

「効いたか効いてないのかわかんないよなァ。〇十万円かかったけど」

「えー！」

思わず箸をおく私。

「今、何て言いました？」

「〇十万円」

半端な金額ではない。私はレストランから帰るやいなや彼女に電話をした。

「えー、私、言わなかったっけ？」

「あなたねぇ……。ふつうアンチエイジングの治療なんて高くて三、四万とか思うじゃないの」

声がわなわな震えている私。

「まずお金のこと言うのがふつうでしょ。細々やっている売文業者に〇十万なんて払えないわよ」

「大丈夫。カードも使えるから」

「そんな問題じゃない。私、〇十万なんて払えない。キャンセルします」

「そんなの困るわ。ハヤシさんの分、もういろいろ用意してるんだから」

と押し切られてしまった。あまりのことに茫然白失となった私。週末いじいじと悩んでいたら月曜日の朝、ハタケヤマが驚いた。

「ハヤシさん、目の下に隈が……」

アンチエイジングに行く前に、めっきり年とってしまったようなのである。

カタルシス

最近とても気に入っている焼肉屋さんがある。

場所が本郷と、かなり遠いのが難であるが、お肉はおいしいうえに、店員さんがつきっきりで焼いてくれる。最後にちょっぴり出してくれるカレーは、三日間煮込んだものだ。おまけにワインの持ち込みOKなので、仲間でいくとこのうえなく楽しい。

前からここに友人を招こうと思っていた。いつも彼にはおごってもらうばかりで、一度お返ししたかったのだ。

とても忙しい人だったが時間をつくってくれ、私は半月前からあれこれメンバーを考えていた。

個室は八人まで入れるので、あとの六人は彼とも親しくて話が面白い人、しかもよく食べてよく飲む人を選んだ。

仲よしの和田秀樹先生にも頼んだ。

「私も赤を持っていくから、先生ワインよろしく」

この焼肉屋さんを教えてくれたのも常連の和田先生で、お願いするといつもコレクションの中からいいものを三、四本持ってきてくれる。いわゆるブランドワインではなく、ナパやスペインの面白いものばかりだ。といってもかなり高価なものらしいが。

前もって店長にもお願いした。

「いつもよりも、いいお肉でお願いしますね。当日は私が接待することになっているので」

わかりましたと言われたが、食べることに関してだけはきっちり準備をしなくては気がすまない私。

当日は三十分前に店に行き、もう一度店長に挨拶した。

「今日は私が支払いますのでよろしく。カードでもいいですか」

いいですよとのこと、安心して待っているとみんなが集まり、楽しい宴会が始まった。個室なので気がねなく騒げる。

和田先生の持ってきてくれたワインはどれも素晴らしく、中にパーカーポイント百点のナパもあった。

肉にいいワインが組み合わさると、みなのテンションは上がるばかり。和田先生の話がおかしくて、みんなゲラゲラ笑う。喰いしん坊のメンバーが多いので、カレーだけではすまない。

「たんたん麺を」

「このオムライスも食べてみたい」

と〆《しめ》のご飯もいろいろなものを注文した。やがてデザートが出おわった頃、私はトイレに行くふりをして店長のところへ行った。

「お勘定お願いします」

「もう◯◯さんが払われました」

メインゲストの友人だ。

「それはないでしょう！」

と私は怒鳴った。

「なんのために、わざわざ三十分も前に私が言ったと思ってるんですかッ」

ちゃんとしたお店だと、

「お連れさまが支払おうとなさっていますが、よろしいですか」

と聞いてくれるはずなのに。ひどいじゃん。いくらお金持ちでも友人に払わせたくはなかった……。

そして食べ終ってみなで帰途についた。あまり楽しくなかった。なぜか。それはカタルシスがまるでない食事だったからだ。たかが焼肉であるが、今日は私がご馳走しようと心に決めていた。それなのにお金を遣わせてくれなかったのである。

人にはお金を遣う快感がある……と言うと、

「ウソーッ」とか、

「それはあなたがお金があるから」

と反発されそうであるが、エイヤッとお勘定を持つ時の爽快感といったら、何と言ったらいいだろうか。

好きな人たちにおいしいものを満足して食べてもらう喜び。

「よし、もっと稼ぐぞー」

という気分にさせてくれるのである。

ところで焼肉の帰り、友人を一人西神田で降ろした。彼はタクシーを降りる際に、

「このまままっすぐ高速行くといいですよ」

と運転手に指示した。その後、

「五反田お願いします」

と同乗の友人は確かに言った。

車内には女二人が残され、ぺちゃくちゃ喋り続ける。久しぶりに会ったので、わざわざ遠いコースをとり、私が五反田まで送っていくことにした。なぜなら話はまるで尽きなかったのだ。話に夢中になっていた私だが、やがてここが首都高速でないことに気づく。あたりが暗いのだ。なんと目の前に「船橋」という文字が見えた。

「運転手さん、いったいどこまで行く気ですか⁉」

私は叫んだ。

「だって高速このまままっすぐ行けと、さっき言ったじゃないですか」

「だからってこのまま成田まで行くんですかっ！　さっき五反田って言ったじゃないですか」

「だけどまっすぐ行けと言ったから……」

と運転手さんはぶつぶつ反論したが、パニックになったのは確かで、ジャンクションが抜けられず三周した。

やっと首都高に入ったものの、友人の、

「荏原で降りて」

が出来ない。

「右ですか、まっすぐですか」

とおろおろしたが、結局飯倉で降りてしまった。

「もういいですよ」

私は本気で怒った。

「この車だと家に帰れない。私たち、もう降りますから」

そして友人は「払う必要はない」と言ったけれど、二万円近い料金を私は払った。運転手さんをこれ以上追いつめたくなかったし、トラブルを起こしたくなかったからだ。

が、こんなお金を遣ってもカタルシスはまるでない。パーッと焼肉を人におごったら、どんなに楽しかったか。ひと晩のうちにお金の明暗が分かれた気分だ。

銃とスター

「二泊三日で、ソウルにミュージカル見に行かない？」

と誘われたものの、そういい返事が出来なかった私。

かの国とわが国との仲は、かなり厳しいことになっている。私は今流行の嫌韓論者ではないが、あの女性大統領にはずっと腹を立てている。マスコミによると、あちらの反日運動も盛んらしい。

「日本人とわかると石投げられるかもしれない」

「そんなこと、あるわけないじゃない」

友人は笑った。

「ふつうの人たちは全然そんなことないよ」

それは本当であった。どこへ行ってもみんな親切にしてくれるし、多くのお店でまだ日本語が通じる。

タクシーの運転手さんも、

「この頃、日本人の観光客が減って淋しい」

と言っていたっけ。

確かに日本人観光客の姿はめっきり減って、右を向いても左を向いても、中国人の団体客ばかりだ。

「中国人はお金いっぱい落としていくけど、マナーがすごく悪いからみんなあまり好きじゃない。日本人のことを懐かしがっているの」

とガイドの女性。

免税店に出かけてみたら、バスがずらっと並び、中国人の団体客がどどーっという感じで降りてくる。エルメスもシャネルも触り放題、いじり放題。ヨーロッパやアメリカでは、ちょっと見られない光景だ。おかげで私たちも気楽に試着することが出来た。

それにしてもみんな買う、買う。若い人たちがスマホの画面を店員さんに見せ、

「同じものが欲しい」

と頼んでいる。それが何十万もするバッグだったりするから驚いてしまう。

「私はあの人たちの、一人一人の聞き取り調査をしたい。どうしてそんなにお金があるのか。お父さんは何をしているのか？　お祖父さんはどうだったのか……」

私がつぶやくと、友人たちもそうだよね、と賛同してくれた。

二年ぶりのソウルであったが、レストランはさらに進化していてすごいことになっている。私はもともと韓定食が大好きなのであるが、その洗練された形のお店に連れていってもらった。モダンな店内、素敵な制服の店員さんたち。韓国料理のヌーベル・キュイジーヌというべきものが一皿ずつ出て取り分けてくれる。

が、キムチや明太子の小鉢がいくつも並んで、おかわり自由でしかもタダなのは変わらない。

「夜は豚にしましょう。牛よりもおいしいって評判よ」

ということで、豚の焼肉店に行くことになった。

「しかも今夜のご飯はイケメン付き！」

食事のあと、ミュージカルを一緒に見ることになっているのだ。編集者の友人は韓流スターの仕事もしているので、こちら方面にも詳しい。前に来た時にも、かなり有名な女優さんと食事をした。

「今日は売り出し中の男の子よ。ちょっと会ってほしいって、事務所の人が連れてくるの」

焼肉屋に行ったら、白いシャツを着た青年が座っていた。ものすごいハンサムだ。クァク・ヒソン君といって、今BS日テレで流れている韓国ドラマ「愛は歌に乗って」に三番手で出ているそうだ。二十四歳。

「どうかよろしくお願いします」

ちゃんと日本語を喋る。日本語だけでなく、フランス語も英語もペラペラらしい。

「十代からチェロを勉強するため、ずっとパリに留学していました」

という経歴なのだ。

知的で品のいい青年である。韓国の青年らしく肩幅があって体に厚みがある。

ミュージカルを見てつくづく思うのは、韓国の人は顔が小さく体のバランスがいいということ。だからイギリス人を演じていても全く違和感がないのだ。

そして歌のうまさ、演技の確かさといったら想像以上であった。韓流おそるべし、である。

「今も日本でも好きな人は好きです。一時ほどのブームはないけれど、もうファンは定着しているんじゃないかしら」

と、ヒソン君を連れてきた人に話したら、

「だけどもう韓国の芸能界は、日本じゃなくて中国を向いてますよ」

ここでも中国か……。

「CMのギャラも、中国は日本の十倍出します」

「じゃあ、ヒソン君も中国に出したいんですね」

「そうなんです。いろいろ考えてるんですけど、彼はもうじき兵役なんです」

兵役。その言葉の重さにたじろいだ。今まで一緒に焼肉を食べ、ミュージカルを見た、何の屈託もなさそうな青年が、もうじき軍隊に入るのである。

「でも芸能人は、ラクな部署にまわしてもらえたり特典あるんでしょう」

「一時期スターが内勤ばかりだと、ネットで叩かれましたから、今はそんなことありませんよ」

兵役は次第に短くなり、このあいだ二十四ケ月が陸軍で二十一ケ月になったそうである。

「だけど国のために行く、なんて人はほとんどいません。行く前はみんな泣いてます」

兵役に行っている間に、恋人同士が別れるという悲劇は多い。自殺者も何人も出るそうだ。ガタイがいい、男っぽい、と私たち日本人の女性がはしゃいでいるその裏には、「兵役」という過酷なものがあるのだ。その事実の重さにしゅんとなってしまう。

さっき見たミュージカルのスターたちも、みーんな泥の中を這って、銃を持つ生活が待っている。このあたりを理解しないことには、私たちは永遠に近づけないなぁと考えてしまった。

シエスタの時代

暑い、暑い、暑い！

言ってもせんないことだと思うが、本当に暑い。

その最中、うちの真前では工事が始まった。コンクリートの地下室のあるうちを壊しているので、砕岩機を使っている。そのうるさいことといったらない。大音響と共に、私の家も小刻みに揺れる。道路に面した仕事場では、一時期電話の音も聞こえなかったほどだ。

暑さに加えて騒音、それにお盆休みで原稿の締切りが早まる三重苦。

これでどうして痩せないのか、本当に不思議だ。その理由のひとつとして、汗をかかないことをあげられよう。

先日ソウルで診てくれた漢方医が、

「あなたは入れたものを外に出さない人ですね」

と言った。

確かにそのとおりで、私は便秘もひどいが汗をほとんどかかない体質だ。炎天下の街を歩いても、ハンカチで顔を拭ったことがない。やはり新陳代謝の問題なのであろう。

ところでこの号が出る頃は、地方のお盆も終わっているはず。私も山梨にしばらく帰るつもりであるが、それが年々つらい。ご存知のように、山梨はこのところ館林、前橋などと並んで気温の高さで知られている。このあいだは大月で三十八・八度を記録した。

私が子どもの頃、気温が三十五度以上になることなどめったになかった。クーラーなどなかった時代、どうやって真夏日を過ごしたかというと、シエスタ、皆でお昼寝したのである。

その時刻、商店街ではお店を開けたまま家の人は横になった。人通りも全くなかった。が、そんな牧歌的な午後も昔のこと。今の山梨はあの頃より九度近く温度が上がっているのだ。あまりの暑さに歩いている人は皆無である。車を持たない私たちはスーパーに行くことも出来ない。よって一緒に帰ることになっている弟に頼んだ。

「駅前のレンタカーで、小さい車借りてくれない。お金は私が出すから」

今、日本全国で暑さによる「帰省困難者」は増えているに違いない。

ところで今年の四月一日、私の還暦パーティーをしたことは既にお話ししたと思う。担当編集者の人たちが中心になって、楽しい演出をいろいろしてくれた。その会の収支が先日出た。会計の人が言うには、会費の他にお祝い金を持ってきてくださった会社もあり、かなりの金額が余ったというのだ。私はこう提案した。

「だったら、そのお金を使って、今年『桃見の会』がなかった替わり『桃食べの会』をしようよ」

みんな大喜びで大賛成してくれたのであるが、ここに問題が。真夏の山梨は尋常でない暑さだ。それに加えて、桃のうぶ毛と汗とで体中がかゆくなる。

「とてもそのまま東京に帰れんよ」

とイトコたちは心配していた。ゆえに私はこんなアイデアを出した。

「じゃあ、早朝バスで東京出発。そして午前中さっと桃狩りした後、近くの石和《いさわ》温泉へ行く。お風呂で汗を流し、昼ご飯で宴会。そして昼寝しながらバスで帰る」

我ながらいい思いつきだが、ここで再び問題が。そう、みなと一緒に大浴場に入るのは絶対にイヤ。女性編集者だってそうだろう。

「ナカセさんも来るんだよ。一緒だなんて悪いよ。個室風呂を頼みましょう」

ということで、別料金八千円で、幹事が三つの家族風呂を予約してくれた。

さて当日、八時半に私とハタケヤマはバスが停まる原宿駅前に向かった。持ち込み用の山梨ワイン十本（パーティーで余ったもの）を持って。

そして私は目を剝く。

「帽子、長袖、タオル」

という桃狩りルックを無視して、おしゃれをしている人が多かったのだ。帽子といってもつばのないものを被っていたり、てれっとしたワンピースを着ていたりする。

「山梨の暑さをなめないい方がいいよ」

と私はマイクを使って苦言を呈した。

やがていつもの一宮の石原農園に到着。毎年春に来ると、ピンクの可憐な花をつける桃の木であるが、今はぼってりとした果実がたわわにみのっていることに、みんな大感激だ。わーっと桃の木に近づいて、思い思いもいだり囓ったりする。

穫れたての桃の甘さは格別で、汁がぽたぽた垂れる。歯を使って皮をむいていく。

「三個も食べちゃった」

などという声があちこちであがった。が、次第に桃畑から、葡萄棚のある庭先へと移動してくるではないか。あまりの暑さに畑にいられなくなったのだ。

「いやあ、やっぱり山梨の夏、なめてたかも」

「盆地って風がまるっきりないんですね」

どうだ、まいったか！

早々と桃畑は引き揚げて、石和温泉に移動した。食事こそテーブル席であったが、隣りにゴロゴロするための畳の部屋を用意してもらった。

お風呂から上がってここで、お昼寝したりお喋りしたりと、思い思いに寛いでもらったのだが、これが大好評であった。

私は子どもの頃、祖母に連れていってもらった温泉を思い出した。お弁当を持ち、舞台つきの大広間で一日中過ごす。客の誰かが低い舞台に上がり、ヘタな歌や踊りを披露する。それを寝ころんだまま見て、元気が出ると子どもはプール、年寄りは温泉に入る。呑気な時代だったので、水着を持たない大人がすっぱだかでプールに入ってくることもあったっけ。そしてその後また大広間でお昼寝。昔の夏はシエスタばかりしていたような気がする。あれでことがすんでいたんだから、今だってそうガツガツすることはないのだ。夏は週刊文春も、二度合併号にしてほしい。ダメかな。

お盆のミステリー

お盆というのは、いったいいつのことを言うのであろうか。

八月になると〝お盆休み〟というのがある。帰省ラッシュもこの時に始まる。ゆえに八月だとずっと長いこと思い込んでいた。都会だけがまれに七月にすることがあると、たいていの人も考えているのではないだろうか。

今年も山梨に帰った。レンタカーではなく、親戚が車を貸してくれたので、それであちこちに行く。スーパーへ行き食料品を買い、ホームセンターへ行って新しいホースも買ってきた。

実家に帰ると本当に忙しい。ふだん東京でも忙しいけれど、山梨でのそれは別の忙しさ。うち中の掃除をして、庭木のクモをはらったり目立つ草をひっこ抜いたりする。慣れないことをするので体はクタクタだ。

盆の入りはお墓まいりに行き、迎え火をたく。ナスとキュウリにわり箸をさし、お盆の〝精霊馬〟をつくる。お供え物は果物にお菓子。そしてあべ川餅が加わる。山梨の峡東地方は、なぜかお盆にあべ川餅を食べるのだ。

弟と二人、

「親が生きている間は、ちゃんとお盆さんとお正月はしようね」

と口に出さないまでも決めているところがある。こんな子どもは全国にいっぱいいるに違いない。だからお盆になると、新幹線や高速が混むのだ。渋滞に巻き込まれた人からしたらとんでもない話かもしれないけれど、私は毎年帰省ラッシュのニュースが流れると、少しだけ心が温かくなる。

世の中が変わったとか言われても、都会に住む息子や娘たちは、お盆になるといっせいに故郷をめざすのだ。そして子どもたちをお祖父ちゃんやお祖母ちゃんに会わせようとする。高速にずらっと車が連なっている限り、日本人のコアな部分は変わらないという安堵がわく私だ。

さて、今年の私はいろいろな予定がある。親戚の女の子に子どもが生まれたばかり。お祝いを届けなくては。

これは喜ばしい出来ごとであるが、新盆のおうちをまわるのはちょっと緊張するかも。勝沼に住む同級生のお母さんが昨年亡くなって、今年が新盆である。

新盆というのは、地方では特別な意味がある。その日はいろんな人がお線香をあげにくるので、うちの人は喪服を着て待っていなくてはならない。茶菓の接待もする。

ホームセンターにホースを買いに行った時、お爺さんが店員さんに尋ねていた。

「新盆をまわらなきゃならんだけんど、香典袋は『ご霊前』かね、『ご仏前』かね」

そう、そうと私も売り場でご仏前の香典袋を買った。こちらに住むイトコが教えてくれたのだ。

「何かお菓子と三千円お香典持ってけし。そしてさっとお線香あげさせてもらえばいいから」

三千円というのは、ちょっと少ないような気がするけれども、イトコのアドバイスに従わなくては。

こういう冠婚葬祭の場合、土地ごとのきまりごとというのがある。相場をきちんと守らないと、

「東京でちっと羽ぶりがいいと思って」

と陰口を叩かれるおそれもあるのだ。

「それから、勝沼の△△園のおじさんが亡くなったの知ってる?」

びっくりした。私がよく遊びに行き、雑誌の取材などにも協力してもらった葡萄園のご主人である。

「えー、そんなの誰も教えてくれなかったよ。どうして連絡くれなかったの。知ってたらお花も送ったのに」

「あそこも新盆だから、ちゃんとおまいりした方がいいよ」

というわけで、二軒に寄ることにした。

まず最初は同級生のおうちへ行った。しかし様子がへんなのだ。私はおまいりに行くことをメールで知らせていたのに、同級生はTシャツ姿でテレビを見ているではないか。

あれって思っていたけれども次のおたくへ。こちらも伺うことを電話で伝えていたのに、息子さんが普段着でいつもどおり働いていた。

「こちらへ」

と奥に案内してくれたのであるが、ふつうのご仏壇があるだけで、これといって特別のお供えもしていない。

「こっちの方はお盆は七月なんですよ」

と息子さん。

「だからみんな片づけてしまいました」

うちの町から勝沼町まで、車で二十分ぐらいである。それなのにこれほど風習が違うものであろうか。

帰ってきてイトコに話したところ、

「こっちも、お盆は七月だっただよ」

と意外なことを言う。

「だけども、七月は桃の出荷で忙しいからお盆は八月になったんだよ。三年前っから」

ウソーッと私は叫んだ。

「そんなことないよ。私、学生の頃から毎年八月のお盆休みに帰ってきたよ」

「そんなはずないさ。ここの町は昔から七月にお盆じゃん」

私はまるで記憶にない。もっとも学生の頃は、七月になるやいなやすぐに田舎に帰った。それゆえにどちらかわからないのであろう。

が、社会人になってからは、八月に帰ってきたはずだ。

「ねえ、そうだよね。あなたも八月十三日にお盆休みとってたよね」

弟に尋ねたところ、

「そういえば、七月にお盆だったかも……」

という答えがかえってきた。

これぞ真夏のミステリー。私の四十年間の記憶がひっくり返ってしまったのである。

が、七月に帰省ラッシュなんて聞いたことがない。いったいどうなっているんだろう。

やっぱり私は
我慢できない

物書きと哀れ蚊

蚊を飼っていた。

正確に言うと、仕事場に二匹ぐらいの蚊がこの三週間ぐらい住みついていたのである。

パチッとやってもよかったのであるが、この蚊はなかなかすばしっこい。しかも本や資料をどっさり入れた、私の机の下を住居にしているらしく、足にまずやってくるのである。

それと、太宰治の「哀蚊」という短篇を思い出したからだ。ここには、

「秋まで生きのびている蚊、哀れ蚊を燻《いぶ》ってはいけない」

という祖母の言葉が書かれている。

文学の力というのはすごいもので、蚊を叩こうとするたび、このフレーズが頭をよぎるのである。

うちの蚊ももうじき生命が尽きるはずだ。その蚊のために、日に一回ぐらい刺されてもいい

ような気がしてきたのである。

「どうか私の血を吸って少しでも長く生きておくれ」

そう考えると、自分が幸福の王子にも、あるいはアンパンマンにもなったような気がする私である。

が、私のそんな感傷など吹っとぶ事件が起こった。ご存知のように、日本でもデング熱に感染した人が出始めたのである。しかもウイルスを持った蚊が代々木公園にいるのが判明した。代々木公園といえば、隣りの駅、歩いても行ける距離である。うちで飼っている蚊は、その前からいるから大丈夫だと思うのだが、

「外出る時は気をつけなきゃダメだぞ。長袖着て、スプレーかけとけ」

と夫は例によってうるさく言い始めた。

この人は、日頃から部屋の中に蚊が一匹迷い込んでこようものなら、

「なぜ窓を開けっぱなしにしたんだ！　どうして網戸も開けたんだ！」

とえらい騒ぎである。

田舎育ちの私は、そういう夫をずっと苦々しく思っていた。

「そりゃあ蚊ぐらいいるでしょ。夏なんだから」

と言おうものなら大変だ。

「オレは蚊が大っ嫌いなんだよー。とにかく入れるな」

こういう人間だから、デング熱のニュースにすごい反応を示した。うちのドアと寝室に、さっそく電気式の蚊取り線香を置いたほどだ。

「デング熱の感染者が、どんどん拡大してんだぞ。このへんだって危ないかも」

「そのうちに、このあたり隔離されたりして」

と冗談で言ったら睨まれた。

ところでこんな夫にもいいところがある。仕事に苦慮していると、私のためにパソコンを駆使してくれるのだ（時々ですが）。

あれはおととしのことである。週刊誌に連載小説を書いていた。何がつらいといっても、週刊誌の連載小説ぐらいつらいことはない。新聞小説は一回分が短かいので、話に詰まっても何とか一日を乗り越えられる。ところが週刊誌の連載は一回分が十六枚という分量だ。これを毎週毎週書かなくてはならない。

おまけにこの時、私は、よせばいいのに医療小説という新ジャンルに挑戦していた。それはWHOに勤務する、若く美しいメディカルオフィサーがモデルである。医師である彼女は、伝染部門のナンバー2で、マラリアやデング熱（！）のパンデミックが起こるとすぐに現地に飛ぶ。が、これだけでは話が進まないので、私は彼女を恋多き女性という設定にした。

この小説は当然のことながら取材が大変で、何人もの医療関係者と会った。とはいうものの毎週毎週緻密な取材をするわけにはいかない。そういう時は、彼女と恋人との人間関係を書いて回数を稼ぐわけだ。

そういうシーンが続いた時、編集者から苦言が。

「ハヤシさん、このところ主人公の俗っぽいところばかり書いている。彼女の本来持っている医師としての崇高な精神、ダイナミズムもちゃんと書いてください。たとえば彼女がアフリカの奥地に入って医療行為をするシーンとかを書かないと、この小説は厚みを持たないでしょう」

本当にそうですねと、その夜、原稿を書き始めた。やはり今回はどうしてもアフリカでのシーンがほしい。だがもう真夜中。いったいどうすればいいんだろう。

私はアフリカのある国をパソコンで調べてみた。すると大使館のホームページに行きついた。そこに医療技官の名があった。これだと頷く。この方から地域の伝染病や衛生事情を聞くことが出来たらと思ったのである。そこであちらの時間に合わせて午前三時に電話をかけた。こちらの名前と事情を名乗り、技官の方と替わってくださるように頼んだところ、

「今、日本からの電話に出てるんですよ。週刊新潮の……」

びっくりした。私にガミガミ言ったものの、担当者もずっと気になってあちこち調べてくれていたのである。

やがて時間をおいて技官の方とお話し出来たが、そう役に立つ情報は得られなかった。明日が原稿の〆切りなのだ。それなのに主人公がアフリカの地で、医療行為を始めるシーンを書か

なくてはならない。私はパニックとなり、あちこち調べまわった。私があまりにも大騒ぎするので、夫はこう言い放ったぐらいだ。

「もううるさいな、あさってからアフリカに出張に行ってこいよ」

しばらくして、何枚かのプリントを持ってきてくれた。国境なき医師団のスタッフが、ブログに活動の日々を描いているものだ。しかもなぜか日本語訳となっている。これがどれだけ役立ったことか。最終的には、編集者がジュネーブに電話をかけ、モデルになってくれた女性医師に取材してくれて、そのアフリカの回はなんとか書けた。物書きは見てきたような嘘をつく。デング熱と聞いて、あのつらかった夜のことをふと思い出した……。

とたった今、私の腕に蚊がとまった。思わずパチン。彼女（吸うのはメスだそうです）との同棲は、これにて終わったのである。

オクタニの秘密

人材派遣会社の社長、オクタニさんのことを今までさんざんネタにしてきた。出会ったのは今から二十年以上前になる。彼女は全く驚くべき人物であった。私はオクタニさんを知って人生観を変えるぐらいのショックを受けたといってもいい。

「こんなに好き放題してもいいんだ！」

こう見えても私は昔から小心者で、まわりの目を気にするタイプ。最近は年をとってだいぶ変わったが、ヒトさまに気を遣って遣い過ぎ、「疲れる」と言われナメられる。それでいていろいろ悪口を叩かれる人間である。

が、彼女は人に全く気を遣わない。

「私みたいな立場の人間が気を遣うと、まわりが気を遣うでしょ」

と平然と言ってのける。呆然とするぐらい自分勝手だ。

彼女がどのくらい強烈なキャラクターかというと、それは三年前の大震災の日のこと。銀座に行こうとタクシーに乗った彼女は、途中で地震に遭った。

「お客さん、これはふつうじゃない。降りてくださいよ」

と青ざめる運転手さんを叱りつけ、

「何言ってんのよ。プロなんでしょ、ちゃんと目的地まで行きなさいよ」

と命令した。

これは本人から聞いた実話であるが、二時間後銀座で用事を終えた彼女は、あたりの風景がまるで違っていたことに気づく。騒然としてきて空車のタクシーなど一台もない。地下鉄も止まっている。

ふつうの人なら仕方ないと歩くところであるが、この世は自分のために動いていると思っている彼女は、こんな行動をとる。向こうからやってくる宅急便の車を無理やり停めたのだ。そして、

「ちょっとオ、助手席に乗せなさい」

と言ったのである。が、若い運転手は当然のことながら拒否した。

「社の規則で、社員以外の人を同乗させられません」

「私はおたくの役員と親しいのよ」

と彼女はいつもの手を使ったが、

「それなら役員に言ってください」

と運転手は走り去った。が、これで諦めるような彼女ではない。その迫力で、軽トラを停め、ちゃっかり近くまで送らせたのである。

が、こんな傍若無人ぶりを発揮しても、オクタニさんはどこか可愛く憎めないところがある(らしい)。若い頃は「財界のアイドル」とか言われ、ものすごくちやほやされた(らしい)。

私の友人は、

「えらいおじさんたちはたいていMだから、やんちゃな女にいじられるのが大好きなんだよ」

と解説してくれたが、私はまだ半信半疑であった。が、なんとオクタニ、五十四歳にして再婚である。相手は申し分のない立派な紳士の東大教授だ。長いこと男やもめだった先生は、彼女にすっかり夢中でメロメロの様子であった。

結構似合っていたウエディングドレス姿を見て、披露宴で私はある感慨にうたれた。というより、つくづく世の摂理に悲しくなった。

「私みたいに優しく尽くす女には、超わがままな男しかやってこない。この人みたいなわがまま女には、こんな優しく素敵な人がやってくるんだわ……」

オクタニさんはおばさんになった今でも、「ミキタニ!」とか「マスダ!」とか言って、日本をリードする経営者たちを呼び捨てで手なずけているのだ。

が、私もタダでは転ばない。彼女をちょっぴりモデルにした「中島ハルコの身の上相談室」

という小説を連載している。これは気が強くて常識にとらわれない女社長が、人の悩みをバッタバッタと斬って解決していくという連作短篇だ。彼女とのエピソードを小さじ一杯ずつぐらい使っているのであるが、面白い、胸がスカッとすると評判がいい。

ところであれは四年ぐらい前のこと。うちの真隣りの家が売りに出された。かなり広い土地だったし、このあたりは結構地価が高い。なかなか買い手がつかないようであった。しかし家の解体が始まった。

「成金のヘンな人が引越してくるといやだよねぇ」

と夫と話している最中、私は愛犬を連れて散歩に出かけた。家の玄関を出て数歩めで立ち止まる。工事の看板が出ているのを見つけた。

「いよいようちが建つんだわ……」

その瞬間、私は息を呑んだ。衝撃が走る。その看板には、なんとオクタニさんの会社の名前が……。

私は震える声で、ケイタイをかけた。

「ねぇ……、うちの隣りを買ったの？」

「買ったわよ」

「ふつうこういうことって前もって言うもんじゃない⁉」

「私みたいな有名人が引越すと、いろいろ言われるからイヤなのよ」

だけど信じられないと、くどくど言う私に、

「あの土地はね、本当は四つに分譲するはずだったのを、私が一括して買ってあげたんじゃないの。お礼を言って欲しいぐらいよ」

と最後は恩着せがましく言われ、私は押し黙ってしまった。そして、

「このことは黙っててね。わかってるわね」

と念を押され、ずうっと書くこともなかったが、先日やっと解禁された。なぜかというと、オクタニさんはこの家に素晴らしいお茶室をつくったのである。信じられないが、彼女はお茶名を持つほどの茶人である。そのわりにはお茶の心が、まるで実生活に生かされていないと思うのであるが、

「これで、私の一生の夢だったお茶の教室が開けるわ。ハヤシさん、隣りなんだから習いに来なさいよ」

と言うことで、私は先週入門した。今までもいろいろイバられていたが、今度からは、「宗《そう》禮《れい》先生」（お茶名）と呼ぶ上下関係が出来た。これからいったいどんなことになるのか。本当はちょっとわくわくしている私。やっぱりMなのかもしれない。

作家の語学力

先週は女性有名人の訃報が続いた。

どちらも一度おめにかかったか、通りすがりにお話したぐらいの薄い仲であるが、なぜか淋しくてたまらない。二人の山口さんのことだ。

山口洋子さんとは、三十年前直木賞に一緒にノミネートされた仲である。山口さんと落合恵子さん、そして私の三人が続けて直木賞の候補になり、誰が一番最初に獲るか騒がれた。「新才女時代」と書かれたこともある。

その口調には軽い揶揄があったと思う。

言うまでもなく、落合さんはＤＪ、山口さんは一世を風靡した方である。私も二流とはいえコピーライターをやっていた。別の業種から参入してきた作家である。

当時、作家というのは、もっときっかりと境界線が引かれていた。そして作家になるプロセスも結構厳しかった。各雑誌の新人賞を受賞するか、あるいは同人誌から出てきた人が正統と思われていた。それなのに別の業種ですごく売れていてちやほやされていた（私は違うが）人たちが小説を書くのはフンという空気が確かにあったと思う。

私もさんざん嫌なめにあったが、山口洋子さんはもっと風あたりが強かったのではないだろうか。

「女給風情に何が書ける」

と面と向かって言われたこともあったと、何かに書かれていたのを読んだことがある。

この方はすごかった。超高級クラブのママから、大ヒット曲を連発する作詞家となり、そしてすぐに直木賞を受賞して人気作家となった。何をやっても一流のポジションにつける人はめったにいるものではない。私はこの方の書く、濃厚な恋愛小説が大好きであった。人間として女として肝が据わっている作家だと尊敬していた。が、おめにかかれたのはご病気になってからだ。ジャージにスニーカーというういでたちで対談場所に現れた山口さんに、私の持っていた華やかなイメージはまるでなかった。口調もちょっと舌がもつれ気味だが、それでもとてもカッコいい女性であった。

私は勝手に親近感と尊敬を持っていたのであるが、おめにかかったのはそれきりである。ついい先日調べたいことがあり、クラブ時代の思い出を綴った『ザ・ラスト・ワルツ』を読み、その文章のうまさに舌を巻いた。ご病気にならなかったら、もっと活躍されていたのに残念でたまらない。

李香蘭こと山口淑子さんにおめにかかったのは、トイレの中である。今から二十三年前、劇団四季のミュージカル「李香蘭」の初日に出かけた私は、休憩時間にトイレに向かった。すると出口のところで今日の主役である、山口淑子さんと出くわしたのだ。

「あ、本物だ！」

私はびっくりしたが、まあ何とか失礼のないよう、

「今日はおめでとうございます」

と挨拶をした。すると山口さんも私のことをご存知だったらしく、

「あなたもおめでとう。よかったですね」

と言葉をかけてくださった。ちょうど結婚したばかりだったのである。

私もその頃から満州にとても興味を持っていたので、「李香蘭」を食い入るように見た。もちろんその前に『李香蘭 私の半生』というベストセラーとなった自伝も読んでいた。藤原作弥さんとの共著である。

それまで有名人の伝記というのは、ほとんどがゴーストライターが書いたものだったが、この本ははっきりと役割分担を明記していた。つまり過去を語るのは山口さん、藤原さんはそれを聞きとり、実際に調査して歴史的事実を確かめる。そして文章にしていくのだ。ジャーナリストの手法で、この数奇な大女優の人生を追ったのである。この『李香蘭 私の半生』は、手

元に置いてあると思ったのにどうしても見つからない。

ところで山口さんが最初中国人と名乗ることが出来たのは、その卓越した語学力にあったと言われる。山口さんのお父さんは、満鉄の社員に中国語を教える教師だったのだ。鼻の頭からチリ紙をたらして発音の練習をしたという。

戦後山口さんは、中国語はネイティブのまま、英語も身につけられたようだ。三ケ国語出来たら、どれほど自由に海外を歩けるだろうか。この方が政治家となり、世界のあちこちに行くのは当然だったろう。最後までスケールが大きく羨ましい人生だ。

私は語学が出来るこういう方に本当に憧れてしまう。私など日本語しか出来ない極東のいち物書きとして一生を終えるのであろう。

今夜はイタリア大使館でお招《よ》ばれのディナーがあった。イタリア大使館というところに行ったことがない。おまけに素敵なワインのお披露目パーティーだそうだ。料理はブルガリのシェフが担当するという。ぜひ行ってみたいが、ここに語学の壁が……。

「絶対にイタリア語とか英語を話さないテーブルにしてください」

と前もってお願いするていたらくである。時々英語がとびかうテーブルに座ることがあるが、食べものが喉を通りません……。

などということを、隣席となった鹿島茂先生にお話したところ、

「それはあたり前です。僕はね、語学頭脳定量説を唱えているからね」

ときっぱり。

「脳の中には語学を操る部分がある。日本語を操る人はもうそれだけでいっぱい。他の語学を入れるスペースはないんだよ。だから作家はみんな英語を喋れないでしょう」

確かにそうだ。最近は若い人で帰国子女の作家もいるが、たぶんほとんどの人は英語が苦手なはずだ。

「これは海外でも同じで、フローベールも英語を喋れないよ。だいたいね、英語うまい学生に頭のいいコいないもん」

と乱暴なことをおっしゃる。が、作家は英語が喋れない。この事実をもっと深く掘り下げてみることにしよう。

新聞のヒト

先日、鹿島茂先生とお話した折、

「作家で英語のうまい人はいないはずだよ」

ということで調査を開始した私。

するとどうだろう、本当に英語の達者な人がいないのだ。

会う作家、会う作家みんなに質問した。

「英語、うまい？」

すると百パーセントといってもいいほど、

「苦手。いくら勉強しても話せるようにならない」

という答えが返ってきて、すっかり嬉しくなってしまった。

脳の中には語学を操る部分がある。そこには定量が決められていて、ある程度いっぱいになるともう何も受けつけない。

「日本語を操る職業の人は、それだけで手いっぱいで、もう他の語学を受け容れる余裕がない」というのが鹿島先生の持論だ。

「ひょっとして、これは編集者にもあてはまるのではないか」

と思ったらやっぱりそうであった。作家よりも高学歴な人が多い編集者、東大卒もざらだ。しかし、

「英語うまい？」

と尋ねると、みんなとんでもないと手をふる。

「いくら勉強しても身につかなかった」

ますます嬉しくなる。そういえば編集者と一緒に海外に取材旅行に行くと、百パーセントといっていいほど通訳をつける。よほど自信がないのだろう。

ところで昨今、朝日新聞のまわりが騒がしい。いろいろな批判の記事や本が出ている。ちょうど今、朝日新聞と週刊朝日に連載をしている私。

根っからのアサヒ嫌いで、サンケイ（タダの電子版）を読んでいる夫が私に言う。

「キミも一度はつき合いをやめかけた池上彰さんを見習ったらどうだ」

「立場が違います」

私は答えた。

「池上さんは知識と思想をお書きになる方。私はエンターテインメントを業《なりわい》にするいち売文業者ですから」

禄《ろく》を喰《は》ませていただいているところではあるが、今回の私の最初の感想は、

「あのプライドの高い朝日が、よく謝ったなあ」

というものである。

朝日ばかりでない。すべての新聞社にとって作家というのは、ただの出入り業者だ。作家を大切にし、パートナーとして苦労を共にして、売れてくれれば一応「先生」と呼ぶ出版社とは大違い。これは実際に新聞記者の人から聞いた話であるが、新人研修でまず言われることは、

「作家なんて絶対に先生と呼ぶな。立場はずっとこっちの方が上なんだ」

だそうだ。新人記者たちは徹底的にエリート意識を叩き込まれるのである。

そのせいで新聞記者というのはみんな感じが悪い。ふつうに会話していても、必ずといっていいほど、こちらを見下す態度を取る技は、あっぱれと言っていいぐらいだ。

あれは十数年前のこと。Y新聞の新人研修で講演を頼まれた。ちょうど朝刊に小説を連載している時だったので、快く、かなりお安くお引受けしたと記憶している。控え室で待っていると、担当の課長クラスとおぼしき年齢の男性が、「やあ、ご苦労さん」と、例によって上から目線で声をかけてきた。このくらいはどうということはないが、その後さらに続く。

「最近は、書くよりも話す方がずっと忙しいでしょ」

これにはむっときた。

「作家にとってそういうことを言われるのは由々しきことですね。なぜそういう風にお考えになるのか、根拠を言ってください」

と私にしては珍しく（ホント）抗議したところ、めんどうくさいと思ったのか、もごもごと謝ったのである。

そして講演の最後に、質問を受けつけたところ、手を上げて一人の若いのが立ち上がり、

「ハヤシマリコって、すごく嫌な女だと思ってたけど、今日の話を聞いたらそうでもなかった」

とかえらくハキハキ言うではないか。この時はもう腹が立つこともなく、こういうのを選び出し、わずかな研修期間でちゃんとした新聞人に仕立てるプロセスに、ほとんど感動してしまったほどだ。

つまり何を言いたいかと言うと、それだけ新聞をつくる人は特殊だということ。こういう人たちだからこそ、たとえ池上彰氏の原稿であろうと、気にくわなきゃ載せない、という行動に出るのである。

が、いちばんプライドが高く、〝ザ・新聞〟というべき朝日は謝罪した。彼らがした誤りはちゃんと時間をかけて償い、訂正してもらうとして、他のマスコミも節度をもって糾弾しても

らいたいと思う私である。最近「売国奴」、「国辱」というおどろおどろしい文字がやたら目につく。朝日における〝戦犯〟探しも始まっている。これをきっかけに、何か別の大きな動きがあるのを、私はとても危惧しているのだ。

ところでと、とってつけたように言うのは恐縮であるが、この数年、私が会う新聞社の人たちの感じがよく、ふつうなことは驚くばかりである。仕事をしていて嫌なことは何もない。

といっても、私が会うのは文化部や家庭部の人たちばかりである。政治部や社会部の人たちは相変わらずエバっているんだろうなと思うが、残念なといおうか、幸いといおうか全く接触がない。しかしつい先日、ある出版社の新編集長と名刺を交した瞬間、

「新聞の人だ」

とピンときた。するとやはり親会社の新聞社から来たばかりだという。このくらい新聞の人と出版の人は違うのである。これって本当にすごいことだと思う。

ジャパネスク・アゲイン

先月のことになるが、話題の映画「舞妓はレディ」を見た。

変わったタイトルだと思っていたが、これが「マイ・フェア・レディ」をもじったものだとは、パンフレットを読むまで気づかなかった私。

確かにヒギンズ教授とおぼしき言語学者も出てくるし、ミュージカルのナンバーも、本家から着想を得たものも多い。

そんなことを抜きにしても、とても面白い映画であった。主役の少女の愛らしさと歌のうまさは感動ものだ。ピュアな魅力に溢れていて、近いうちに朝ドラのヒロインになるような気がする。

姉さん分の芸妓さんに扮した草刈民代さんの美しさにもびっくりだ。この方と初めておめにかかったのは、まだ美少女バレリーナの時であった。その後ご存知のように「Shall we ダンス？」にお出になり、周防監督と結婚なさった。四十歳過ぎてから女優宣言した時はちょっと心配した。

「今から演技の道をめざして大丈夫？」

しかしこの映画では、堂々たる演技力を身につけ、すっかり女優さんであった。それどころか、四十代でこれだけ端整な美貌を持った女優さんはちょっといない。ものすごく希少な存在となられたようである。

人間、いくつになっても自分の夢に向かって進むべきだとつくづく思う。

夢といえば、相変わらず、舞妓に憧れる女の子は多いようだ。このために「京の水で洗う」というのがある。女性を劇的に変化させるマジックのことらしい。

フジテレビの「ザ・ノンフィクション」は、よく京都の舞妓さんの生活を追っているが、これを見ると〝京都マジック〟の様子が克明にわかる。

何年か前に、かなり太っていて器量もイマイチの舞妓がカメラに映っていた。

「いったい何を考えて、祇園の方々はこの子に舞妓の入門を許したんだろう」

と首をひねらざるを得ないレベルだ。

たぶんふつうのＯＬとかになっていたら、合コンでも絶対に声をかけられないだろう。

このコがつらい修業を終え、舞妓から芸妓になった。その姿をテレビの画面で見て、

「ウッソー」

と思わず叫んでいた。

髪を年増っぽくアップにしているのだが、かえって若さが匂うようであった。うんと若い女の子が、老けた格好をすると妙な色気が出る。花街の知恵だろう。

あのデブの（失礼）、ハシにもボウにもひっかからない女の子は、いつのまにか人気の芸妓さんになっていた。ぽっちゃりとした体型が、なんとも色気あるなまめかしいものになり、京都弁も身について踊りもうまい。

考えてみると、京都というのはデブの女性が美しく輝くところではなかろうか。そうよく行くわけではないが、お茶屋のおかみさんでかなり太っている人を何人か知っている。そういう方々がざっくりと着物を着ているさまのカッコいいこと、色っぽいことといったらない。そして貫禄に溢れていて、女の私でも見惚れてしまう。

が、あれもつらい修業の日々あってのこと。祇園マジックのなせるわざであろう。

私もいっそあそこに行っていたらと妄想がふくらむ。お金持ちは案外デブの若いコが大好きである。

さて秋が深くなるにつれ、次第に和の世界へ惹かれていく私。ジャパネスク・アゲイン！

九月からはなんと隣家のオクタニ邸に、お茶を習いに行っているのである。お茶を稽古するのは二十年ぶりだ。あの時もオクタニさんと一緒に、赤坂の先生のところへ習いに行っていた。

「あなたもいい年して、ちゃんとお茶を飲めないの恥ずかしいでしょ。私の先生を紹介してあげるわ」

と連れていってくれたのだ。

といっても、もう遠い昔のこと。すべて忘れていると思っていたけれども、ところどころ体が覚えていた。そして教えられたとおり、体や手を動かすことが、こんなに楽しいとは意外であった。

一人で習うのは心細かったので、隣りのマンションの奥さんを誘った。師匠はオクタニ先生ともう一人、それにお手伝いの女性がつく。マンツーマンなので上達が早い。

「もう次からは、自分でお茶を点ててもらいますよ。いつまでも袱紗《ふくさ》さばきやってると、ちっとも面白くないから」

まあ当然といえば当然であるが、人材育成の講師を派遣するオクタニさんは、教え方のプロでもあった。

「次は私が点ててみせるから見といて」

と流れるような動きを見せてくれる。そのたおやかで美しいことといったらない。

しかもいつも本当に素敵な着物を着ている。

「あれだけたくさんあるから、虫干しのつもりで着ているの」

この人は自他共に認める着道楽である。昔はよく二人で、京都や金沢に着物をつくりに行ったものだ。

が、私はこのところ忙しさのあまり、めったに着物に袖をとおすことはない。

「来週からハヤシさんも着物にしなさいよ。帯はいくらでも私が結んであげるわ」

と微笑むオクタニさんは、どこから見ても気品にみちたハイソなマダム。この方が新幹線のキヨスクで立ち読みして、

「お客さん、やめてくださいよ」

と店員さんに怒鳴られていたなんて、見ていた私も信じられない。

とにかくジャパネスク・アゲイン！　オクタニさんとの友情もこれによって復活したようである。

宴のあとで

前にも書いたことであるが、私は最近の「お取り寄せ」ブームに疑問を感じる者である。地方の珍しいものは、そこに行って食べてこそおいしい。もしそれがとても気に入ったならば、土産にして持って帰ってくればいいのである。

それにエコだ。地球を守ろう、とか言っている人がこんなに多いのに、あの包装のすごさに何も思わないのであろうか。

お取り寄せといえば、うちの夫は大のアマゾン好き。二日に一度はピンポーンとインターフォンが鳴る。が、あの段ボールパックが積まれていくのを見て、何も思わないのであろうか。

小さな本屋の娘として、私は声を大にして言いたい。

「皆さま、新刊書やベストセラーは、お近くの本屋さんで」

アマゾンを生んだあの広大なアメリカならともかく、狭い日本、ちょっとした駅の前には必ず本屋さんがある。この頃、ものすごい勢いで本屋さんが消えているというものの、都会に住んでいたら徒歩圏にあるはず。地方の方は、ショッピングモールの中の本屋さんでよろしくお願いいたします。

棚をあれこれ眺め、気に入ったものをパラパラめくる喜びは、本屋さんでしか得られないはずである……。

というようなことを話していたら、

「そりゃ、そうだよ。僕は絶対に本はアマゾンじゃなくて本屋で買うよ」

という人がいて、あら、嬉しいと思って聞いたら「ブックオフ」であった……。

先日ものすごく本が好きな知人が、久しぶりに日本に帰ってきた。カナダに住んでいるこの方は今でも言う。

「マリコさんからもらったものでいちばん嬉しかったのは本。いろいろ段ボールに入れたものが届いて嬉しかったなァー。中でも感動したのは島耕作の四十数巻！」

あの頃、まわりにいる日本人たちが、やたらと「夕食会」をしてと言ってくる。そしてディナーが終ると、みんな居間に座り込んで『島耕作』に読みふけるんだそうだ。

「みんなうちのご飯じゃなくて、『島耕作』がめあてだったんだよな」

と聞いて、私もとても嬉しかったものだ。この方はすごいインテリで、日本に帰るとまず行くところは本屋さんで、

「買ったものは段ボールに詰めて船便で送ってもらいます」

とのこと。しかし、この方の言う本屋というのも、やはりブックオフなのである。ブックオフ好きな作家はまずいない。こういう話をすると長く深刻になってしまうのであるが、要するに私たちの生活の糧である印税が、あそこからは一銭も支払われていないのである。そんなわけで食べものも本も含めて、「アンチお取り寄せ」の私が、このところたて続けにいろいろ申し込んでしまった。

それは二週間前のことである。おなじみ「エンジン01」のメンバー数人が大阪に泊まった。次の日、大阪府内の中学校で出張授業を行なうためである。

その前にメンバーを募っている時、精神科医の和田秀樹さんが、

「どうせなら前の日に行ってさ、みんなで焼肉食べようよ。すごくおいしい店があるんだ。僕、いいワインを持っていくからさ」

ということで、藤原和博さん、勝間和代さん、森本敏元防衛大臣が手を挙げてくれた。もちろん私も。

出張授業というのは、申し込みのあった中学校や高校へ行き、各自、国語や社会などの教科を受け持つというものだ。もちろんボランティアでやっている。

楽しみはワリカンで食べる食事だ。和田先生が連れていってくれたのは、上本町のとても綺麗な焼肉屋さんであった。東京では見かけたことのない珍しい部位をいろいろ出してくれ、本

当に満足したが、私が驚嘆したのは最後の鍋である。野菜と肉がたっぷり入って辛いのであるが、ほのかな甘みもありまことに複雑な味だ。

「最後のリゾットが最高ですよ」

ということでつくってもらった。これが何ともいえない、不思議な、コクのあるおいしさなのである。

「絶品！」

私は叫んだ。

「でもこれ食べるのには、また大阪に来なくちゃならないのね」

そうしたらお店の人が、

「送ることも出来ますよ」

と言うので、帰り際にお金を払い住所を置いてきた。

やがて指定どおり、週末にそれが届いた。かなりのカサだ。四つの箱に入っている。これでわが家の冷蔵庫は満杯になった。

土曜日の夜、わくわくしながら制作に入る。ふだんはズボラな私であるが、こういう時、よく説明を読む。それによると、

「お店と同じ味にしたかったら、しっかりと分量と手順を守ること」

はい、わかりましたと、思わず声に出して言う。

まず、パックのコラーゲンいっぱいの辛い味噌を、四百ccのお湯で溶く……。はい、ちゃんと計量カップで計りましたよ。そして白菜、ネギともやしを入れ、肉と肉ダンゴを上にのせ、パックの牛乳を入れてふたをするとある。

しかしパックの牛乳とは何であろうか。冷蔵庫を開けると、買っておいたパックの牛乳がある。これのことであろうかと、上からすべて注ぐ。そしてリゾット用の麦ご飯とチーズをもう一度冷蔵庫にしまおうとして、私はキャッと叫んだ。この中に小さなビニールのパックに入った牛乳があったのだ……。

少々のミスはあったものの、その鍋はすごくおいしかった。が、残った梱包材の量の多さときたらない……。空箱四つにいくつもの発泡スチロール。私は見ないふりをして、箱だけは資源ゴミにまわした。

樟脳の秘密

世の中、衣替えの季節らしい。

駅前のドラッグストアに行ったら、防虫剤が山積みとなっていた。無臭のものを大量に買う。

なぜならわが家では、今、これをめぐって大騒ぎになっているのだ。

今年の春、クローゼットのニットが虫にやられているのを発見。最初の一枚めは、着古した安いものだったので、

「捨てるきっかけになってよかったかも」

と前向きに考えることが出来た。

しかし二枚めの時は、それこそ体中の血が引いていくのがわかった。海外で買ったものすごく高いブランド品だったのである。

買い物は大好きであるが、着るものに対して全く執着がないと自分で思い込んでいた。とこ

ろがセーター一枚で三日ぐらい落ち込むこととなった。

そしてこの時も山のように防虫剤を買ってきて、クローゼットのあちこちに置いた。この時、どういうわけか間違って、樟脳も買っていたらしい。

それをつい最近発見し、もったいないと、再びクローゼットの中にほうり込み、ハンガーにもかけておいた。たちまちあたりに拡がる樟脳のにおい。

「懐かしいなァ……」

私はしばらく思い出にふける。子どもの頃、洋服箪笥の中でこのにおいをかいだものだ。やはり衣替えの頃は、満員電車に乗るとあちこちからこのにおいが漂ってきたものである。が、私のこのノスタルジアを破る人間がいる。夫だ。

「くさい、くさい。何だよ！　このにおいは」

と騒ぎ立てる。帰ってくるなり窓を開けたり、ギャーギャー小言をいうのが日課となった。

「そのうちに慣れるだろう」

とかまわないでいたのであるが、寝室の隣りの、クローゼットから漏れるにおいがあまりにも強烈で、夜眠ることも出来ないと言うのだ。

めんどうくさいので、目についた一、二個を取りはずして捨てておいた。そして十月も半ばになりカーディガンを羽織ったところ、

「ハヤシさん、おばあちゃんと同じにおいがします」

とハタケヤマから言われた。夫に何か言われても気にならないが、ハタケヤマだと考えてしまう。そんなわけでもう一度クローゼットを捜索して樟脳を発見、ビニール袋に入れて処理したところだった。

あのにおいで昭和にタイムトリップしたのに、まことに残念なことだ。

樟脳のにおいをかいでいるうち、私の中にうかんでくるものが幾つかあった。

今年の夏、蚊が大問題となったが、昔は蚊がいるのはあたり前。ハエなんかそれこそわんわんいた。隣りの祖母の家は菓子屋だったので、ハエ取り紙が、作業場にそれこそスダレのようにかかっていたものだ。強い粘着液でハエをからめとるものである。愚図な私はどういうわけか、毎年必ずといっていいぐらい髪がこのハエ取り紙にひっかかった。

髪がベトベトになる上、もがけばもがくほどハエの死骸だらけになる。わんわん泣いて髪を剝がしてもらったっけ……。

そうそう、秋の晴れた日は、よく母が細長い板を取り出し、軒先に立てかけた。洗い張りを見たのは、もう私の世代が最後かもしれない。着物をほどいて洗い、そのパーツを細長い板に張って乾かすのである。

樟脳のにおいのどこが悪いんだろう。私は今流行の、甘ったるいハーブのにおいの方がずっといけ好かないけれども。

ところで、昔のものでもう消えていると思っていたのに、なぜかしぶとく生き残っているも

のがある。お月見とかおはぎもそうだ。今年は私もちゃんとお供えをした。というのも、夫が朝うちを出る時、

「ここのうちって、ちゃんと年中行事をしていない」

とイヤ味を言ったからだ。

「失礼な。私は年寄りの親に育てられたから、正月、節分、お盆、ちゃんとやってますよ」

と答えたところ、

「この頃お月見やってるの見たことない」

とずばりイタいところを突いてきた。私もちゃんとしたいと思っていたのであるが、この何年かは帰りが遅いことも多く、月を見ることさえ忘れていたかもしれない。これではいけないと、お団子を買って三方に盛り、ススキとキキョウを飾った。そしていただきものの果物をお皿に。

へぇーぐらい言ってくれると思っていたが、帰ってきて夫はいちべつするなり、

「なんで桃を飾るんだ」

と文句を言った。

梨、サツマイモ、栗、柿を盛り、彩りとして冷蔵庫の中の桃を混ぜておいたのだ。確かに仲間はずれが一人いたけれども、それがそんなにいけないことであろうか。

そんな夫であるから、外来種の行事にもそりゃ張り切る。九月頃から、

「お菓子はもう注文したのか。今から頼まないともう売り切れるだろ」

とまことにうるさい……。

そう、ハロウィーンの季節がやってくるのである。うちの街は外国人が多いためにハロウィーンが盛んで、家々の飾りつけも凝っている。この頃はお菓子をめあてに子どもたちが扮装して電車に乗ってやってくるようになった。

インターネットで頼むお菓子の数は年々ふくれあがり、昨年は五百袋でも足りなくなってしまった。

自分はちょっと顔を出すぐらいで、飾りつけも跡片づけもみーんなやらせて、

「せっかく来てくれた子どもに、お菓子がなくなったらどうするんだ」

とまたガミガミ文句をたれる。そうわかった。うちの夫は樟脳オヤジ。昭和の遺物。だから
あんなに忌み嫌うんだな。

何回め？　女の時代

政治家というのは、なんて大変なんだろう……。

これがおおかたの感想ではないだろうか。

二人の女性大臣のしたことは、確かに法律違反であろうが、明治座公演とか、ウチワとかやってることがミミっちい。

昔、男の人たちは、何十億のワイロとか株の提供とかで失脚していったのに、一本八十円のウチワではあんまりではなかろうか。

松島みどり議員も国会で追及された時に、

「これ、ウチワに見えますけど違います」

などとつまらない言いわけをせず、

「価値あるものを提供したら、罪に問われるかもしれませんけど、私のウチワ、どんな人が喜ぶんですか？　もらった人もすぐに捨てるはずですよ。たまたま暑さしのぎに配っただけですから」

とか居直ればよかったのである。

小渕優子さんの件はよくわからないけれども、大臣の行事をこなし、勉強もし、子育てもしてそのうえ群馬の後援会のすべてを把握するというのはどんなに大変なことであろうか。

私はうちの税理士さんにいつもこう言う。

「私はお金のことはまるでわかりません。数字を見ていると、ホントに具合が悪くなります。そんな私がすべてのことをお任せしますから、絶対に一円たりとも法律にそむくことはやめてくださいね。私はえらそーなコラムも書いていますから、もし何かあったら職を失います。本当に本当によろしくお願いしますよ」

小渕さんもたぶん地元の人に、同じようなことを言ったに違いない。しかし彼女の組織はあまりにも巨大になり、本人のコントロール出来ないところに行ったのであろう。

何度でも言うけれど、政治家は本当に大変だ。

とはいうものの国会中継を見ていると、みんなわりと楽しそう。同期の議員さんたちは、○○ちゃん、と呼び合ってクラスメイトのノリだ。

ある議員さんに話を聞いたら、勉強会、飲み会はしょっちゅうあるし、友だちはいっぱい出来るそうだ。だが選挙があると、仲よしが突然消えてしまう。これが結構つらいようである。

それにしても安倍さんの女性活用、次第に雲行きが怪しくなってきた。私はいろんな人に言う。

「たとえタテマエだって、総理大臣がそう言ってくれるのは嬉しいじゃないの。この時機に国会議員や管理職の女性、ガンガン増やしたいよね」

本当に最近優秀な女性が多くなったのは目を見張るばかり。時たま企業の方と会うことがあるが、男性よりも女性の方が名刺をくれることが増えた。彼女の方がえらいらしい。

つい最近のことである。朝の報道番組を見ていたら、女性の有識者が何人も出てきて、「女性活用について」発言していた。

女性の学者さんやNPOの代表の人たちが出ていた。失礼ながらあっさりした化粧をなさって、服装もややダサイかも……。とはいうものの、知性が全身にみなぎっていて発言も核心をついている。とても魅力的だ。中に一人、美人の有識者がいた。女優さんかと思うほどの美貌だ。ばっちり化粧もしている。やがて私は落ち着かなくなる。彼女がものすごい整形顔だったからである。

「整形して何が悪い。整形したら女性問題語れないのか」

と問われると困るのであるが、要は好き嫌いの問題である。

私は彼女の美しく、不自然な横顔が映し出されるたび、

「この人、何か怪しいな」

と思わざるを得ないのである。

整形して何も悪いことはないけれど、ジェンダーを声高く叫ばれると、私の中でちょっと鼻白む気がする。

「これだけバレバレの整形をしているということは、男社会に近道で入っていこうということでしょう。だったらこれほど男性に恨みつらみを言うのってどうなんだろうか」

などということを女性に言うと、

「わかる、わかる」

と賛同を得るのであるが、男性には全く通じない。

「キレイならいいじゃん」

と、いきつくところはそこになってしまう。

こういう時、私は編集者の中瀬ゆかりさんが言った「リトマス紙女」という言葉を思い出すのである。

「リトマス紙女」というのは、男の人の見識、美意識がくっきりわかる基準となる女性である。

「ああいうのにひっかかったか」

と女性の信用がいっぺんに下落する対象と思っていただければいいであろう。

特徴として職業がはっきりしない。あるいはその仕事の評価よりも容姿の評価の方がずっと高い、と言った方がわかりやすいだろう。そしていろんな審議会に喰い込んでいて、地方のおじさんなんかにすごく強い。その女性と親しいことが一種のステータスになっている。そのうち彼らは、お金をつぎ込むスポンサーになっていく。

時々、とても嬉しそうに、

「僕は○○○先生とすごく親しいんですよ」

と自慢するオヤジが現れて、私はこういう時、

「リトマス紙、赤」

と心の中でつぶやくのである。

女性登用というのは実はとてもむずかしい。なぜなら男性の好む女性は、同性から見て、

「どうしてあんなのに……？　早く目を醒まして」

ということが多々あるからだ。安倍さんはもっと女性の意見を聞くべきである。私たちは、ふだん口を閉ざしている。何かを言えば、

「ヤキモチやいて。自分がぐっと落ちるから美人が気にくわないんだ」

と言いはなつ男がいる限り、日本の女社会、ひいては男社会もちっともよくはならない。

歳月

このあいだ、新しい月刊誌が届けられた。封を破ったとたん、〝キャッ〟と叫んでいた私。なぜならば表紙に「12」という数字を見たからだ。まだ十月の末だというのに、月刊誌は12月号となっているのである。

もの書きにとって、この「12」という数字がどんなにイヤなものか。クリスマスや忘年会を思い浮かべる人が本当に羨ましい。

「12」という数字は、つらいつらい年末進行を表す。出版社や印刷所がお正月休みに入るため、すべて〆切りが早くなる。そればかりか週刊誌の連載は、三回分を寄こせとか平気で言う。

こんなつらく哀しい年末を、もう三十回も迎えてきた。我ながら驚く長さである。若い時はパワーの配分がよくわからず徹夜を重ねてよく倒れたものだ。が、三十年もたつと、「別にちょっと遅れたって殺されるわけじゃなし」

と居直る術《すべ》を身につけた。

最近自分でも年をとり、変わったなぁと思うことが三つある。

その一つは、何でもはっきり口に出して言うことが出来るようになったということ。先日も撮影の時、気のきかない初対面の編集者に文句を言ったばかりだ。まだ若い彼に、

「あなたね、まずはっきりと挨拶しなさい。名前を名乗りなさい。名刺を交換しなさい」

あっちはかなりビビっていた。

二つめは、嫌いな人ともにこやかに会話が交せるようになったということ。

新幹線やパーティーで、そういう人と会うことがある。昔は無視するか、遠くへ逃げたものであるが、今ならにっこりと笑いかけることが出来る。

「お元気でした？　今度はゆっくり会いましょうね」

などと心にもないことをいくらでも言えるようになった。こういう時、

「我ながら大人になったなァ」

つくづく自分に感心してしまうのである。

そして最後の一つは、

「パーティーでものが食べられるようになった」

ということであろう。

昔からパーティーでものを食べるのは、恥ずかしいことと考えていた。それゆえどんな豪華

なお料理も我慢してきた。

あれは二十年も前のことになるであろうか。あるセレブの方の出版パーティーに出かけたところ、さるやんごとなき方がご家族でいらしていた。立食パーティーであったが、その方々にだけはテーブルが用意され、黒服も一人ついている。

かなり騒がしいパーティーであったが、ステージ横のテーブルには、全く違った空気が漂っていた。我々庶民など全くいないがごとく、悠然とお食事を召し上がっていた方々を見て、

「高貴な方々というのはこういうものなのか」

と目がさめるような思いをしたものだ。

年のせいでこの頃出版関係のパーティーに出ることが多くなった。たいていは授賞式に出席し、その後のパーティーに顔を出してさっと帰ってくる。

ちょっと人と話し込んでいると、コンパニオンさんが、いろんなものを運んできてくれる。ローストビーフやお鮨などおいしそう。しかしいつも「結構です」と断わってきた。

先日、ある賞の授賞式とパーティーがあった。小説ではなくエッセイの賞のうえに、受賞された方がサブカルチャーの古株のような方であった。そのせいで固苦しさがあまりなく、出席者もユニークな人気者が勢揃いしている。

その中に昔、とても親しくしていた人がいた。

「久しぶりだねぇー」

ニコニコしながら寄ってきてくれ、

「ここに座ろうよ」

とテーブルに誘われた。

ふつう立食のパーティーの場合、こういうテーブルは、高齢の方に用意されている。当然うんとえらい方が座ることが多く、私など挨拶に行くぐらいで、縁のないものであった。

ところがその日は、流れで座ってしまった。すると彼と私とも親しい女性編集者が二人、

「私たちも座っちゃおー」

と腰かけた。

パーティーの中州のようなテーブル、そこには見たこともない、全く別の世界があったのだ。まず料理がいくらでも運ばれてくる。オードブルの後は、おきまりのローストビーフにお鮨。ワインだっていくらでも酌《つ》いでくれる。

「すみません、おそばもお願い」

などと気がつくとあれこれ運ばせて、いつのまにか楽しい宴会が始まっていたのである。懐かしい思い出話に花が咲き、まわりの立っている人たちなど全く気にならない。

あっという間にフルコースを食べ終わり、デザートとコーヒーを飲んでいた。

「この後、どこかで食事しようなんて言われてたけど、ここでもう済ませちゃったかも」

と私。

「な━んだ、パーティーって座ってもどうってことなかったのね。そういえば私ももうトシだし。そうよ、そうよ、座ってもよかったのよ」

ちょうど私は腰痛が出ていたので、テーブルに座れて本当にラクチンだ。編集者たちも、

「ハヤシさんがいるから、自分んとこのパーティーなのに座れて、こんなに食べちゃった」

と喜んでいた。

この出来ごとは、私のパーティー観を変えるほどの出来ごとであった。

「そうよ、何も立ってることもないわよ。テーブルがあれば座ればいいのよ」

それ以来、電車の中でも考える。

「私はもうシルバーシートに座ってもいいのではなかろうか」

今まで空いてても遠慮していたけれど、そうよ、もう堂々と座ってもいいのよ。

そう、こうして人はこういう風にオバさんになっていくんだろうな。

ハロウィーンの憂うつ

どうやらハロウィーン人気は、バレンタインを抜いたらしい。

渋谷の街は仮装した若者で、すごいことになっているようだ。

「アホな者たちが騒いで」

と叱る向きもあるが、コスプレ好きでは人後に落ちない私。気持ちはよくわかる。

「エンジン01」のイベントで、AKB、きゃりーぱみゅぱみゅと、次々コスプレを楽しんだ私。レディー・ガガに扮した勝間和代さんと一緒に写真を撮り、さんざんネットで叩かれたのは既にお話ししたと思う。

「誰かこいつらを止められなかったのか」

なんて書かれていた。

しかし日本人は、私だけではなくみんなコスプレ好きではなかろうか。お祭りを見ているとよくわかる。女装した男性が踊りまくる様子をテレビで見たこともあるし、子どもは白塗りしてお雛さまのような格好をさせられるところは多い。

お神輿担ぐ格好も、女性のあれはかなりイヤらしいコスプレだと思う。見ているとはっぴから、胸に巻いたさらしを半分ぐらい見せ、太もも丸出しだ。祭礼という大義名分を持って、かなり露出している。ふだんはつつましい女性なんだろうが、年に一度はじけてしまうのであろう。

私は何年か前、地元のハロウィーンで、妖怪のお面をつけ、黒いマントを着た。当時は大人で仮装している人はほとんどいなかったので、あたりはパニックとなった。

「こわい、こわいよー」

と泣き出す子どももいて、ちょっと罪の意識を感じたが、それでもとても楽しかった。誰かと気づかれず、まわりを驚かす存在となるのが、これほどまで心をはずませるとは思ってもみなかった。

あれは十年ぐらい前のことであったろうか。リーマンショックが起こる前だったので、住んでいる外国人がとても多く、軒なみハロウィーンをしてくれた。白人の一家がイルミネーションで庭を飾って、お菓子を用意してくれたのだ。

駅からうちにくる道も、たいていの家はお菓子を配っていた。外国人専用の大きなマンションがあるが、そこでも入り口を開放してくれたものだ。

その頃は手づくり感があり、配るお菓子は二百個ぐらいだったと記憶している。やってくるのも近所の子どもたちであった。二、三人で連れ立ってきて、

「大きくなったわねぇ」

などとお母さんとのんびり立ち話をしたものだ。

ところがこの三、四年、全く様子が変わってしまった。駅前の商店街が人寄せのために、

「お菓子先着千五百名プレゼント」

をやり始めたのだ。

おかげで電車に乗って、たくさんの子どもたちがやってくるようになった。そのまま千人ぐらいがどっと住宅地に流れてくる。これはもう個人の手には負えないと、どの家もハロウィーンを閉じるようになった。今、この界隈でお菓子を配っているのは、うちともう一軒だけになってしまった。

「今年はもうやめようかなァ」

と私がつぶやいたら夫が怒った。

「何言ってんだ。せっかくみんなが楽しみにしているのに」

実は二ケ月前、夫はハロウィーンのために人形を「おもちゃの病院」に治しに行ったばかりなのだ。五年前に「東急ハンズ」で買った魔女の人形は、等身大で本当に恐い姿をしている。

それどころか、手を触れると、

「ハッピー、ハロウィ～ン。ヒヒヒッ……」

と不気味な声を出し、急にぬっと背が伸びるのだ。

毎年これを出すと、子どもたちが大喜び。しかし戦いを挑むコが多くて、すぐに壊れてしまう。夫は十月になると、この人形を入院させるのがならわしだ。

とはいうものの、これ以外は何もやってくれない。文句ばかり言うが、自分は絶対お菓子配りに立たないのである。仕方なく私がしますよ。仲よしの隣りのマンションの奥さんも、大学院生でバイトに来ているミサキちゃんも手伝ってくれる。

以前は子どもたちの仮装を見るのが楽しみだったのだが、最近は三、四十人の団体でどっと押しかけてくるのでそんな余裕はない。若いママたちは人の家をパシャパシャ撮りまくり、ついでに私も写していく。あまりにも大勢なので目がまわりそうだ。

それでも可愛い仮装の子がいると嬉しくてたまらない。どこかで買ったらしい白雪姫やアリスのコスチューム、ポケモンの着ぐるみが大半を占める中、今年は「日本エレキテル連合」ちゃんがいた。六歳ぐらいの子が、真白い例のメイクをしてカツラをかぶっていたのには笑ってしまった。

案外少なかったのが「アナ雪」ルックであろうか。しかし白人の少女が金髪をエルサそっくりに結い上げ、同じドレスを着ているのを発見。やはりあちらの方が着るとサマになるようだ。

今年は五時半から人が押しかけ、用意した五百個のお菓子はあっという間に配り切ってしまった。最後は人からいただいた、キャンディの花束をほぐして渡すありさまだ。

「来年は千個用意しなきゃダメだよ」

と夫は言う。むっとする私。五百個のお菓子代がいったい幾らかかったか知っているのであろうか。

「そうですよ。いったいいつまでやるつもりですか」

とハタケヤマが冷たく言いはなつ。

渋谷の喧騒をよそに、近くの住宅地は悩みのときを迎えているのである。

断わる力

日本テレビに内定をもらっていた女子大生が、アルバイトにホステスをしていたことを理由に取り消されたそうだ。

これについて女性週刊誌が「水商売蔑視」「女性差別」と書きたてている。

「もし男性が入社前にホストクラブに勤めていたとしたら、内定は取り消されるのか」

と書いてあり笑ってしまった。

内定取り消しは確かにひどい。日本テレビは、

「人を見る目がなかった」

と責任を取るべきなのである。

私個人の感想で、好きか嫌いか、と問われればこの女子大生は好きになれそうもないな。まず、

「母の知人の関係者のお店で働いていた」

という言い方がイヤ。ほとんど他人ではないか。つまり母親公認で、安全圏の中で、ほんのお遊びでやっていたんです、だから許して、ということなのであろう。彼女こそ「水商売蔑視」ではなかろうか。プロフェッショナルなクラブママや、ホステスさんに対して失礼である。


さて、就活中の大学生が忌み嫌うのは「お祈りメール」というやつ。就職試験に落ちた際に送られてくるメールの最後の文章、

「あなた様のこれからのご健康とご多幸をお祈りします」

から取ったらしい。うちにバイトに来ていた女子大生（こういうふつうのところに来ていればよかったのに）は、

「あれが来るたび、これ貰うから私は不幸なんだよ、ってツッコみたくなります」

よくこぼしていたっけ。


私も就職浪人中、数十通の不採用通知を受け取ったので気持ちがよくわかる。企業からノーサンキューと言われるのは、社会全体からノーサンキューと言われることだと、気持ちは次第に沈んでいくのである。

断わられる、というのは本当につらいものである。それに反して「断わる」のはずっとラク。なぜならば断わる方がずっと立場が上だからである。それがわかっているからこそ、人というのは断わる時、とても気を遣い、言葉を考え抜いて二重三重にもオブラートで包むのだ。

「だから、わかってくださいよ……ね」

という日本独特のエレガント。

が、最近これが通じないようになって、私は呆然とするのだ。

たとえば、

「せっかくですが、その日は忙しくてちょっと用がありますので……」

と言えばたいていの人はわかってくれた。ああ、断わられているのだと。

つい最近のこと、若い女性から電話がかかってきた。

「○月△日のことなんですけどね」

十日後のことだ。

「うちでこういうイベントあるんですけど、ハヤシさん、ゲストで出てくれませんか」

私は、

「その日はスケジュールが入っていて、本当に申しわけないけれどいけません」

やんわりお断わりした。

それから四日後手紙が届いた。

「このあいだは都合が悪かったそうで残念です。私はハヤシさんのトークショーをしたいと考えているので、いっぺんうちに打ち合わせに来てくれませんか」

「うちに」と言いきるところがすごい。もちろん打ち合わせにも行かず、この手紙もいっさい無視した。

これは二ケ月ほど前のこと、かつての高校の同級生からメールが来た。

「◯◯さんっていう俺たちの先輩が講演をやってほしいって。電話がかかってくるからよろしく」

その時、嫌な予感がした。山梨の人というのは、すぐにマウンティングする。それも同窓会がらみで。卒業して何十年たっても、先輩はえらくぞんざいな口調になる。

はたしてかかってきた電話は、うちのハタケヤマが、

「記録に残るぐらい感じが悪かった」

と驚いていた。

「ものすごくエラそうで、乱暴な口調なんです。とても講演会の講師を頼む言葉遣いじゃないですよ」

「わかるよー」

と私。

「山梨じゃそれがふつうなの。後輩の私のところに電話かけてくるなら、思いきり上から目線でエラソーでもOK。でもめんどうくさそうだから講演会は断わっといてね」

ゆえにハタケヤマは、

「ハヤシは今、とても忙しくて」

と伝えたそうだ。そうしたら、

「じゃあ、来年ならいい〜？」

と粘《ねば》ったというが、なんとかお引き取り願った。

そうして今日、朝仕事をしていると九時二十分に電話が。お手伝いさんからだと思いうっかり取ったとたん、

「ハタケヤマさん、いるけ？」

と懐かしい響きの甲州弁。

「いえ、十時半じゃないと来ません」

「ふーん、随分遅いね。いい時間だね」

これがあの依頼人かと納得。

その後ハタケヤマが言うには、

「別の講師頼んだら、急にキャンセルされた、だからハヤシさん、もう一回考えてよ、なんてものすごい失礼な言い方ですよね」

ハタケヤマはプリプリ怒っていた。最初っから、

「すみません、忙しいので」

この言葉ですべてを察してほしい。

が、この断わり方を許さない人がいる。最近、

「お食事会、ハヤシさんの空いてる日を出して」

と言う人が増えた。こうなると「断わる力」はなす術《すべ》がない。日にちを言ってくれれば、

「すみません、その日は忙しくて」

と逃れられる。が、

「来月中、何日か空いてる日を出してよ」

は、よほど親しい人以外使っちゃいけない、「断わる力」を封じ込める離れ技。

ごめんね

健康だけが私の取り柄であったはずなのに、調子の悪い日が続いた。

ある朝、起きようとするとお尻から爪先までが痺《しび》れて動けないではないか。

「ひぇー、起きれないよー」

と騒ぎ立てたら、例によって、

「遊んでばっかりいるせいだ」

と夫に言われた。

この男の人は、講演や取材、そして人と会う会食、家にいない時はすべて遊びだと思っている節がある。

本を買ってきて調べたら、どうやら座骨神経痛らしいということがわかった。隣家のオクタニさんに相談したら、

「私がうちに来てくれる、いいストレッチのトレーナー紹介してあげる」

ということであった。

まずは若い男性がやってきて、体をあちこち動かしてくれる。確かに気持ちいいかも。終わった後、

「今日の料金はおいくらですか」

と尋ねたところ、

「いいえ、今日はトライアルなので結構です」

という返事。

「いいえ、そんなわけにはいきません」

「ではよかったら、今後ご契約ください」

と書類を目の前に出された。びっくりした。かなりの金額だったからだ。

とにかく十回分払い込んだ後、オクタニさんに文句を言った。

「このあいだもあなたが勧めてくれた、ナントカ細胞治療、ン十万円したじゃん。今度も高かったわよ。私は、あなたみたいな社長じゃないのよ。原稿用紙一枚いくらの売文業者なんだからね」

そうしたらすごい勢いで怒られた。

「なにケチなことを言ってるのよ。もういい年なんだから、自分の体にお金をかけなさいよ。

健康を保つためには、当然の投資でしょう」

ということであった。

こうしてストレッチを続けたのであるが、八回を過ぎる頃から、朝もラクに腰が動くようになった。

「でもハヤシさん、もう次の契約しないでくださいよ」

とハタケヤマは言うが、ミエっぱりの私のことであるから、また次回の契約をするに違いない。

ハタケヤマと言えば、このところのスケジュールの入れ方はすごかった。いくら講演会シーズンとはいえ、月曜日佐賀県、火曜日は大阪で会議、水曜日は青森県八戸で講演会という予定になっているではないか。もちろんすべて日帰り。

そして私が途中で電話を入れると、

「ハヤシさん、タフですよね。本当によく倒れませんよね」

と呑気なことを言う。

が、私は生まれつき頑強なうえに、実はテツ子である。飛行機はそう好きではないが、新幹線や列車なら毎日乗ってもＯＫ。どんなに長くてもへっちゃらだ。

新幹線に乗る時は、本を三冊から四冊持ち、コーヒーを飲みながらページをめくるのを至福の時としている。

このあいだ八戸へ行った時は楽しかったなあ。稲刈りの終わった東北の景色を見たり、新刊書を読んだりしているうちにあっという間に八戸に着いた。

八戸駅には商工会議所の方と、フジフミが別々に迎えに来てくれていた。フジフミは、私が日本舞踊を習っていた時に、仲よくしていた年下の女友だちだ。今は故郷の青森に帰って、お嫁にもいかずに実家でのんびり暮らしている。性格の本当にいいコで、私は青森に行く時はいつも呼んで、秘書代わりにこき使っているのである。この日も、

「お昼、おいしいところを探しておいて」

と頼んだところ、会場の近くの和食屋さんに連れていってくれた。

「時間がないのでとにかく早く」

と前もって言っていたらしく、前菜も天ぷらもお刺身も、鯖ずしもいちご煮も、みんないっぺんに出た。大急ぎで食べた後、街に見物に出かけた。あまり人が歩いていないかも、と想像していたのであるが、あちらから女性たちがいっぱい歩いてくる。ホールに向かって。

その日は千四百人の方々がいらしてくれ、

「二階、三階まで埋まったのは初めてです」

と喜ばれた。

八戸の人たちというのは情が厚くて、新幹線に乗ろうとしたら、何人かの人たちがお土産を持って駅で待っていてくれた。ここで本にサインをしたり、写真撮影に応じる……と、まあ自

慢話ととられそうなのであるが、その中の一人が、

「急いでたので、本を持ってくるのを忘れました。そこの本屋さんで買ってきますね」

と言って駅の構内の本屋さんに行った。しかし、新刊の単行本はおろか、文庫本一冊私のものがなかったらしい……。とほほ……。

そして次の日は、「女子会」と称して、ある企業の女性たちと焼肉屋へ出かけた。このあいだご馳走になったのでリターン・バンケットである。

ナパから送られてきたばかりの「オヴァーチャー」を二本持ち込んだ。これはあのオーパスワンのセカンドクラスなのであるが、本当においしく値段もリーズナブル。すっかり気に入って、毎年二ダース直接買っているのだ。

他にもワインを持ってきた人がいて、女性六人で五本あけた。全く飲まない人が二人いたから、一人一本は飲んだことになる。いつもならどうということのない量であるが、やはり体が疲れていたに違いない。明け方、強い吐き気で目が覚めた。私にしては珍しい二日酔いである。が、夫に知れたらまたねちねち言われるにきまっている。とにかくラクになろうと、喉に指をつっ込んだのであるが、ゲロ慣れしていない私はうまく出来ない。

午前中ずっと具合が悪くて、原稿が書けなかった。それで記録的な遅さになったわけだ。トウゴウさん、ごめんね。これはすごいことだと思うが、今の担当者は偶然にも夫と同じ珍しい姓である。二人のトウゴウに責められた今日一日であった。

世の中って！

このまま知らん顔していようかと思ったが、やはり書かずにはいられない。

このあいだ百田尚樹氏が『殉愛』というノンフィクションを書いて、大きな話題となった。なにしろ発売の当日に、ＴＢＳ「金スマ」でえんえん二時間再現する大プロモーション！ 大阪のカリスマ芸人、やしきたかじん氏の闘病の日々と、彼を献身的に介護する奥さんとの日々を描いたものである。この本はたちまち大ベストセラーとなった。

私もさっそく読んだが、『殉愛』はとても面白かった。途中でやめられなくなり、半徹夜したぐらいである。秘書のハタケヤマに貸したところ、

「ハマりました。面白かったですねぇー」

とつくづく言ったものだ。

ところが発売二日後、この本がすごいことになっていると編集者何人かが教えてくれた。こ

の献身妻が実はイタリア人と結婚していて、重婚の疑いがあるというのだ。私はふだんネットを全く見ないが、調べてみたら大騒ぎである。なんでもやしき氏の献身妻の別の男性とのウェディングドレス姿が、彼女のフェイスブックに載っているとか。

「本当かね?」

私は気になってたまらない。なぜかというと私が現在連載している新聞小説は、未亡人が夫の闘病記を出しそれがベストセラーになるという展開だ。それによっていろいろな事件が起きる。このままだと現実とリンクしてしまうではないか。

「どこまで本当なの? 百田さんは騙されたの?」

私は真実を知りたいと思った。私のその欲求はすぐに週刊誌が解決してくれると信じていた。だってそうでしょう。こういうとるに足らない、すごくくだらない、だけどものすごく面白いことを記事にしてくれるのが週刊誌でしょう。きっと大特集をやってくれるはず。しかし一ケ月近くたって巷《ちまた》でこれだけ話題になっても、どの週刊誌も一行も報じないではないか。やしき氏の長女がこの本によって、

「名誉を傷つけられた」

と提訴し、出版差し止めを要求した。が、相変わらずテレビも週刊誌も全く報道しない。私はこのことにものすごい不気味さを感じるものである。この言論統制は何なんだ!

大手の芸能事務所に言われたとおりのことしかしない、テレビのワイドショーなんかとっく

に見限っている。けれど週刊誌の使命は、こうしたものもきちんと報道することでしょう。ネットのことなんか信用しない、という言いわけはあたっていない。そもそも、「やしきたかじんの新妻は遺産めあてでは」

と最初に書きたてたのは週刊誌ではなかったか。ある新聞社の人が言った。

「週刊誌が自分の主張する記事と真逆なことについて、反論しないのは初めてのケースではないですかね」

意地悪が売りものの週刊新潮も、ワイドの記事にすらしない（百田氏の連載が終わったばかり）。週刊文春も一行も書かない（近いうちに百田氏の連載が始まるらしい）。あと『永遠の0』の講談社が版元の週刊現代は言わずもがなである。週刊ポストも知らん顔。こういうネタが大好きな女性週刊誌もなぜか全く無視。大きな力が働いているのかと思う異様さだ。

たかが芸能人のスキャンダルではないか。

私は全週刊誌に言いたい。もうジャーナリズムなんて名乗らない方がいい。自分のところにとって都合の悪いことは徹底的に知らんぷりを決め込むなんて、誰が朝日新聞のことを叩けるであろうか。

ネットなんか私は大嫌いであるが、彼らはこう書いているよ。

「どうせこのことは、テレビも週刊誌も報道しないに決まってるよな」

こんなことを書かれて口惜しくないのか。

そしてもっと腹が立ったことに、いろいろ調べるついでに私の悪口もネットでいっぱい見てしまったことだ。

時々知り合いの有名人が、

「自分に対するネットの中傷を読んでいたら死にたくなった」

などと言うたび、

「あんなものを見ちゃダメだよ。人への憎悪しかないんだもの」

と叱ってきた。

今回私に関する悪口を読むと、怒りもわくが、中にはなるほどと思うものもあった。

「林真理子はテレビに出る時、どうしてあんなに無表情でぶっきらぼうなのか」

という指摘があり、これは私も常々気にしていることであった。とはいうものの、作家である私は、めったにテレビに出ることもないし、

「芸能人と違って、笑いながら喋ることもないしさ」

と居直っていた。

ネットの住民によると、私は、

「ボトックスを打ち過ぎてあんなに無表情になった」

そうである。これは間違い。私は過去一度ヒアルロン酸を注入したことはあるが、ボトック

スとは無縁である。整形もしていない。

「無表情」と言われたことは相当気にかかる。元アナウンサーの人と会うことがあったので教えを乞うた。

「ねぇ、どうやったら感じよく喋ることが出来るかしら。どうやったら微笑みながら喋ることが出来る？」

彼女が言うには、あれはものすごい訓練によるもので、

「ハヤシさんの歳で、急にやろうとしても無理」

という。

しかし最近鏡を見て、にっこり笑い、「まあ」と声を出したりする私。最近はきついことも言ったり書かないようにして、穏やかでやさしいおばさんになろうとしていたのに、世の中おかしいことが多過ぎる。そしておばさんになっても、やっぱり私は我慢出来ないのである。

どっちにするか

一週間のうちで、木曜日がいちばん疲れる。

金曜日だと、

「今日一日頑張れば、あとは週末」

という気持ちがあるせいで、比較的元気に起きることが出来る。

しかし木曜日となると朝が本当につらい。六時に目覚ましをかけているのであるが、ベルをとめた後、ちょっと深呼吸したつもりで十分ぐらい寝過ごし、夫に怒鳴られる。

今週の木曜日は、朝ドラの「マッサン」を見ているうちにぐっすりソファで眠ってしまった。

朝ドラは「あまちゃん」から毎朝見るようになった。「ごちそうさん」も「花子とアン」も本当に熱心に見た。

すべてにだらしない私であるが、連続ドラマを見ることだけはきちんとしている。週一度のドラマにしても、毎回必ず見ないと気が済まない。見られない時は当然ビデオに録るのであるが、朝の十五分ドラマをいちいち録画するのはめんどうくさい。そうかといって、朝早く家を出ることはしょっちゅうある。

友人が教えてくれた。

「だったらBSで、朝の七時半からの回を見ればいいじゃないの」

なるほどと思い、それを見るようにしたら朝がすっかり変わった。

今までだとフジテレビの「めざましテレビ」の「きょうのわんこ」を見た後、八時からの朝ドラを見て、その後は「あさイチ」や別のワイドショーを見ていたりした。するとずるずると、九時ぐらいまでテレビを見ることになる。

それを七時半から朝ドラを見るようにし、四十五分に火野正平さんをちらっと見て、八時になったらテレビを消す習慣をつけた。そして新聞を読むか仕事を始める。BSのおかげで、朝がぐっと引き締まったのである。

「マッサン」はとても面白い。主演のシャーロットさんも、美人でとても演技がうまい女優さんだ。ただ残念なことに、肌が白人ゆえにあまり綺麗じゃないかも。だからアップがなくなってしまったと思う。

そこへいくと「花子とアン」の吉高由里子さんは、ありきたりの比喩であるが、むきたての茹で玉子のようであった。仲間由紀恵さんの肌も透きとおるように美しく、わが家の大画面テレビで見てもシミひとつなかったっけ。

でもやっぱり白人の女性の肌は、ちょっとなぁ……とナショナリズムに酔いながら見ているところがある。このあいだはかなり展開がもたついて、いくら「マッサン」ファンの私でも、毎回見るのはしんどかった。どうせ鴨居商店に行くのに、どうしてこんなにもったいぶっているのだろうと思っていたら、やはり視聴率が下がった週だったようだ。視聴者はちゃんと見ているのだ。

などと、呑気なことを言っているようであるが、私は今、年末進行のまっただ中にいる。きっかけは九月のことであった。出版社の人と話していたら、

「新年号は、やっぱり林さんの名前が欲しい」

などとお世辞を言ってくれたわけである。

お正月なんてずっと先のことだと、その時は思う。が、あっという間に日は過ぎて、今は師走となってしまった。これ以上仕事を増やしたくない。イレギュラーで小説を書くことがどんなに大変か、人は知っているのであろうか……ブツブツブツ……。

その時私は、ふと雑誌で見た角田光代さんの言葉を思い出したのである。

「千本ノックのように短篇を書いてきた」

なんといい言葉であろうか。さすが人気、実力トップクラスの作家だけある。

自分の仕事をとことん極めようという姿勢は本当にすごい。私も書いているつもりであった

が「千本ノック」とはおそれいった。

今、机の前に座り、

「よーし、私もとことんやってみようじゃないか」

と決意をあらたにしたのである。

それにしても今年も本当に忙しかった。仕事以外にも人づき合いやら団体の幹部としての活動が山のようにあり、スケジュールはぎっしりとなっていった。よく人から、

「ハヤシさんって、いったいいつ原稿を書いているの」

と聞かれ、そんな自分がちょっと自慢だったかもしれない。

だが来年の年賀状の写真を選ぶ時に愕然とした。本来なら来年のエンジン01富山大会のために撮った、ポスターの写真を使うつもりであった。それは振袖姿の私がどーんと立っている写真である。

が、あまりにも太って見えるためにやめることにした。その代わりに私が選んだのは、還暦パーティーで、皆からプレゼントされたドルチェ&ガッバーナの、真赤なジャケットを着ている写真である。口紅も真赤で、わりと可愛い（と本人には見える）。

「あのパーティーは本当に楽しかったなぁ」

と思い出して私は再び愕然とする。これってつい最近のことだと思っていたが、四月のことだったんだ。ということは八ケ月過ぎているではないか……。

その時私は知ったのである。忙しさと時間のたつ早さは正比例することを。年がら年中忙しがっている人には、一年はあっという間に通り過ぎてしまう。年々そのスピードは早くなっていく。まことに怖しいことではないか。

「そうだ、忙しいっていうのは何の自慢にもならないんだ」

と思いつつ、来年もまたいっぱい仕事やら用事を引き受けてしまうに違いない。言ってみれば貧乏性。貧乏な人は、贅沢な時間の使い方は出来ないのだ。情けない。

人の二倍忙しい人は、二倍の早さで寿命は過ぎていく。ヒマだけどゆったりした人生、充実はしているけど、めまぐるしく過ぎていく人生。そろそろどっちにするか決めなくては。

ミュージカル！

百田尚樹さま

お忙しいところにもかかわらず、わざわざお返事をいただき恐縮しています。

未亡人の結婚歴はご存知だったんですね。二年間の凄絶な闘病と愛の日々を書くことが目的なので、未亡人の過去など関係ないと判断されたということ、わかりました。

が、さくらさんがおぼこい若い女でなく、結婚もしていた女性だったとしても、作品の感動は損なわれることはなかったと思います。むしろ重厚な大人の恋愛になったのではないかと考えるのですが、そんなことは余計なことですね。作家にはそれぞれの作法があります。

ただ私のエッセイを読んでいただければおわかりだと思いますが、あの文章は百田さんやご著書を非難するものではありません。ベストセラー作家に、いささかの瑕疵《かし》もあってはならないと、自主規制する週刊誌に対して憤ったのです。

「戸籍上のデリケートな問題を週刊誌が敢えて書かなかったとしても不思議ではないと思っています」

というお言葉がありましたが、この業界で三十年仕事をしてきた私に言わせると、週刊誌はそんなナイーブなやさしいものではありません。幾つもの例を私は知っていますし、自分もやられたことがあります。

が、今回に限って、週刊誌がいっせいに沈黙をしているのは、おかしくないですかとジャーナリズムのあり方について私は問うているのです。

ですからこのお答えは、週刊文春の編集長からいただきたかったです。

先週から、いくつかの週刊誌で未亡人のことを取りあげ始めました。私が名ざしで非難した週刊新潮も、

「『遺族と関係者』泥沼の真相」

と銘うって大きな特集を組んでいます。

いろいろな人に取材しているのをみても、これは私の書いたエッセイとは全く関係がなく、前から用意された原稿と思われます。本来、週刊誌はこういう動きをするもののはずです。

確かに未亡人に対する世の悪意はひどいものがあります。責任を感じて彼女を守ろうとなさる百田さんの行動は、よく理解出来ます。『殉愛』を読めば、彼女がどれだけ献身的に介護を続けたかわかるでしょうに。

しかし本を出すということ、人に対して何か訴えることは本当にリスキーで、いろいろなことがついてまわるものです……などとまた余計なことを言ってしまいました。そんなことがおわかりではない百田さんではありますまい。一度もおめにかかったことはありませんが、どこかでばったりお会い出来たらいいなあと思っています。

そしてここからがいつもの「夜ふけのなわとび」になるのであるが、皆さまにお知らせをひとつ。

来年そうそうミュージカルに出演することになった。いつものように三枝成彰さんから、頼まれたのである。

「今度、書きおろしのすっごいミュージカルを、六本木男声合唱団倶楽部でやるんだ。あの『ウエスト・サイド・ストーリー』の五十年後というやつ。養老院のゲートボールの場所をめぐって、二つのグループが対立するんだ。その名も『ウェスト・サイズ・ストーリー』。ハヤシさんはただ一人の女優ということでよろしくね」

そう言われても、ここのところ忙しくて、とてもお稽古に行く時間がない。

「大丈夫。ハヤシさんは声だけの出演だから、テープにとっておく」

ということであったが、やはり生出演が決まり、姿もステージで見せることになった。セリフも結構ある。

会場はなんとオーチャードホール。シロウトがやるミュージカルなのに、チケットは二万円とても高い。

「もうみんなすごいよ。おじさんたちがダンスに歌に必死で頑張ってるよ」

うちの弟もそのひとりである。女装して元マドンナのお婆さんの役に挑むようだ。大役をいただいて、早い時期からダンスの練習もしていたようである。

おととい稽古のスケジュール表が届いたが、お正月は三日の朝からもうレッスンが始まる。

「全員必ず参加」

とある。

が、毎年お正月の二日は、山梨で一族が集まって新年会をする。赤ちゃんを入れて三十人近い親戚が、飲めや歌えやの大騒ぎとなる。とても楽しみな新年行事だ。

しかし弟はこの新年会に出ないと言う。

「三日の朝から稽古が始まるんだもん」

「ふざけんな」

と私は電話で怒鳴った。

「あんたさ、遊びのために、大切な一族の新年会に来ないわけ？」

しばらく沈黙があり、

「遊び？……」

というおそろしい声のつぶやきが聞こえた。

「あのね、あれは遊びじゃない。みんな命をかけてやってるんだよ」

そうですか、失礼しました。

それにしても本当に似ている姉と弟。どちらも歌うのが大好きで、お調子者ときている。こういうイベントとなると、身を入れ過ぎてしまうところまでだ。

このあいだ私の衣装の連絡がきた。女神の扮装をするんだそうだ。わくわくしてきたけれど姉弟ではしゃぐわけにもいかないだろう。

「確かにミュージカルも大切だろうけど、親戚だって大切でしょう。一年に一度みんなが集まる重要な日なんだよ」

私が姉らしく説教したら、

「わかった。ひと晩泊まって三日の早朝東京に戻る」

私はもっと文句を言いたかったが、自分が素人劇団「樹座《きざ》」にハマっていた日々を思い出してこれ以上は何も言わないことにした。人って自分と置き替えれば、いくらでも寛容になれるものだ。

赤色の手帳

年末になると、文藝春秋から文藝手帖が送られてくる。一年間のスケジュールを書き込めるようになっている小型の手帳だ。この手帳は業界関係者にも配られていて、編集者はほとんどといっていいほど使っている。新潮社も講談社も、小学館もポプラ社の人も、みんなこの文藝手帖を持っているのだ。

この手帳が他の手帳と違っているのは、後ろの方に寄稿家の住所が載っていることであろう。作家やイラストレーターといった人たちの住所と電話番号が書いてあるのであるが、これに載るのはその昔、大きなステータスだったという。

よく調べると基準は確かにあり、作家なら芥川賞、直木賞を受賞するか、あるいは文藝春秋の雑誌にレギュラーで書いていることが大切なようだ。私もデビューして三年めくらいに、これに載っけてもらった時、非常に嬉しかったのを憶えている。

「うちの近くに誰かいるかなー」

と調べ、大御所がすごく近くに住んでいることにびっくりしたものだ。

ところがこのページ、年ごとに住所や電話番号を載せない人が増えた。Eメールだけ記しているならまだしも、〝○○出版社気付〟とだけ書いている人もいる。名前は載せたいけれど、プライベートなことはいっさい知らせたくない現れであろう。

こうした流れは確かに強くなり、最近、文学賞の選考会の際マスコミに配るための資料にも、自宅ではなく担当編集者の会社と所属を書く作家が急に増えた。

「作家なんか、世間に名前と顔をさらしてなんぼのもんだろう。作家がプライベートうんぬんなどと言ってどうする」

と、先輩作家が怒っていた。

私もそうした考えに全面的に賛成というわけではないが、やたら用心深く、

「本名非公開」

などと書く新人作家の書類を見ると、なんかなあ……という気がしないでもない。

最近男性の芸能人が結婚する時、相手の人をただちに「一般人」として、マスコミからの取材を封じ込める風潮がある。実際には本物の「一般人」などいるわけはなく、ちょっと前までタレントやお天気お姉さんをやっていた女性だ。が、あまり売れていなかったことを幸い、すぐにやめさせて「一般人」にする。

これについては先日、

「一流芸能人と結婚出来る〝一般人〟って？」

といった特集をＡＥＲＡで組んでいた。

それによると彼女たちは読者モデルが多く、カメラマンや編集者が芸能人のいる場所に連れていってくれるようである。

ちょっと前まで、スターが結婚すると相手がたとえ〝一般人〟の女性でも、金屏風の前で記者会見をしてくれたものである。〝一般女性〟は、ちゃんと振袖を着て私たちの前に出てきてくれた。そして私たちは、

「かわいーい。でも遊んでそう」

「この俳優、こんな趣味だったのね、がっかり」

とテレビを見ながら勝手なことを言い合ったものだ。そういうのと、ネットで好き放題のことを書かれたり、過去を暴かれるのとどっちがいいんだろうか……。

話がそれたが、大雑把な私はこれといった配慮もせず、自分の住所をのせてきた。これはかなりリスキーなことだったらしい。

ハタケヤマは何も言わないけれども、かなり脅迫めいた電話もきたりするようだ。何度か私も取ってしまい、

「いったいあんた、何を考えてるのよー」

と怒鳴られたこともある。

二日前のことだ。夜の八時にインターフォンが鳴った。宅配便にしては遅いなァとカメラの画面を見た。このあたりは静かな住宅地なので、夜遅い宅配はめったに来ない。

画面には、若い男性が映っていた。

「あのう、僕は名古屋の学生なんですが、どうしてもおめにかかってお渡ししたいものがあるんです」

「こんな時間に困ります」

私は言った。

「それをポストに入れるか、明日、秘書のいる時間に出直してください」

今まで私は、こういう時絶対に出たりはしない。しかし彼は言った。

「今日泊まって、明日は早く帰ります。お渡しするだけですから、どうか会ってください」

時々熱心なファンが訪ねてくださることもあるが、百パーセント女性である。年若い男性のファンなど、全くの希少な存在である。感じもよさそう。ヘンなものを持っている気配もない。

「ちょっと待ってください」

と私は仕方なく出ていくことにした。

「やめた方がいいよ」

と夫が言ったが無視した。わざわざ名古屋から訪ねてくれたんだ。ファンレターくらい受け取ってあげましょう。

玄関のドアを開けると、おしゃれな若い男性が立っていた。

「はい、どうも」

手を出した。が、彼は動くことなく、

「あの、僕はハヤシさんを通じて、ある人と繋がりたいんです」

「はっ？」

「秋元康さんに僕のこの手紙とファイルを渡してください」

私へのファンレターの替わりに、ぶ厚いファイルを押しつけられた。私はむっとしたが、親切心からついこう言ってしまう。

「あのね、秋元さんは忙しいし、これを私が宅配便で送っても、郵便の山の中に埋もれてしまうわよ。今年はもう会えないけど、来年早々一緒にお鮨を食べることになっているから、その時に私が直に渡してあげる。それでいいでしょう」

そうしたら彼は、

「じゃあ、いいです」

と私からファイルをひったくった。これっていったい何なんでしょうか。

番外編「花子とアン」誕生秘話

中園ミホ×林真理子

林　「花子とアン」は本を読む素晴らしさを描いているので嬉しいです。視聴率もよくて、大好評で本当によかったですね。おかげさまで私が二十年前に書いた『白蓮れんれん』も売れています（笑）。

中園　ありがとうございます。林さんの本は読んでいましたが、原案本（村岡恵理『アンのゆりかご　村岡花子の生涯』）を読んで、「えっ、花子と柳原白蓮が親友だったの」ってびっくりしたんです。女性はみんな白蓮が好きですね。生きたいように生きたから、羨ましいのかな。

林　しかも美人だし。『白蓮れんれん』の単行本を出したときも帝劇で佐久間良子さんが白蓮を演じてくださり、ブームになりました。中園さんと知り合ったのは『不機嫌な果実』のドラマ化のときだから、二十年近く前。はじめは若くて線が細そうで大丈夫かなぁと思ったら、どんどん巨匠になって。今回、中園ミホが大輪の花を咲かせて、友達として本当に誇らしい。

中園　嬉しいです。「花子とアン」のプロデューサーもディレクターも、林さんの原作のドラマ「下流の宴」のスタッフでした。林さんの出身地の山梨が舞台だし、縁が深かったですね。

林　そうなの。示し合わせたわけじゃないんだけど、私たちの二十年間の友情がここで結実したというか。

中園　アハハ。腹心の友。

林　中園ミホは「やまとなでしこ」や「ドクターX」で民放の女王みたいになっているけど、朝ドラもヒットして完全制覇じゃないですか。

中園　完全制覇じゃないですよ。実は今回、林さんに本当に感謝しているんです。最初、朝ドラを断ろうと思っていました。

林　脚本家なら大河ドラマと朝ドラはやりたいんじゃないの？

中園　朝ドラを二本（「ふたりっ子」と「オードリー」）書いた大石静さんに、「朝ドラは大河よりも何よりも辛い」と言われたんです。向田邦子さんだって書いていないし、私のような根性なしには無理だから、一生書かないって言ってたの。だけど、「はつ恋」というドラマの打ち上げで、NHKのドラマ部長たちと飲んでいて、私、気が大きくなって受けたらしいんですよ。でも、記憶がない（笑）。いまだに本当に引き受けたのか、疑っているんです。

林　こんなこと言うのは偉そうだけど、絶対に無理と思う仕事でもやらないと成長できないんだよね。

中園 昔、林さんに「いつも高みを目指しなさい」と言われたのは、すごく励みになっています。朝ドラを引き受けるかどうか悩んでいたとき、その言葉がふっとおりてきたの。

林 たいていのことは背伸びすればできるんだよ。それにしても、花子と白蓮があんなに仲よかったなんて知らなかった。二人とも東洋英和女学校にいたのは知っていたけれど、学年は違うし、あまり気が合いそうにないし。

中園 たぶんお互いに孤独だったから、近づいたんだと思う。裕福な家庭で大切に育てられたお嬢さまたちの中で、あの二人は浮いていたと思う。

林 そうか。それで、花子も白蓮も、道ならぬ恋をするでしょう？ ヒロインが奥さんから夫を奪ったと思われたら、女性の視聴者に嫌われるし、脚本家としてのハードルは高かったんじゃない？

中園 そうですね。花子を主人公にするかどうかという段階で、道ならぬ恋をどう描くかという話もしました。

林 何て言ったの？

中園 「大丈夫、反感を買わないようにやりますから」と言ったんですが、やっぱり大変でした。

林 嫌な感じにならないのは、村岡英治が療養中の妻と別れて、花子と結婚するまでを、時間をかけて丁寧に描いていたからですよね。

中園　その部分で視聴率が結構あがったんです。朝ドラで道ならぬ恋だから、どうなるんだろうと思って見てくださったのかなぁ。

林　英治役の鈴木亮平さんのキャラクターもよかった。実際、鈴木さんにお目にかかったら、背も高いし、知的な感じで素敵。

中園　ね（笑）。私も立ち会った最終オーディションには三十人ほど残っていて、いまどきのイケメンで演技力のある男の子ばかりだったんですが、吉高さんとのラブシーンを思い浮かべたら、生々しくなりすぎそうだった。鈴木さんは妻子もいるし、若いギラギラした感じがあまりなくて物静かだった。そこが道ならぬ恋の相手役としていいと思ったんです。

林　なるほど。吉高由里子さんは小悪魔的なイメージだったので、朝ドラのヒロインと聞いて、えーって驚いたんです。よく見ると、古風な顔をしていますね。吉高さんってどんな人？

中園　天然や小悪魔のイメージがありましたが、実は神経が細やか。記者発表のとき、舞台袖で緊張している私の手を握って「大丈夫、大丈夫」と励ましてくれました。でも、彼女のほうが震えていた（笑）。吉高さんは現場でも周りをすごく気づかって、立派な座長ぶりでした。クランクアップの会見でも、撮影が終わるのが悲しくて、みんな泣いていたんです。

林　最高じゃないですか。仲間由紀恵さんの蓮子も品があって、ぴったりでした。

中園　嬉しい！　私の思いが白蓮にかたよりすぎているという声もあったそうですが、白蓮は存在自体が派手なんです。もちろん花子の方が登場時間ははるかに多いのですが、白蓮はやることなすことが目立つ。

林　朝ドラのヒロインは、みんなに好かれるタイプだから、脇役は破天荒で個性的な方がいいですよ。

中園　蓮子の初登場シーン（第十九話）を映像で見たら、脚本よりずっとインパクトが強かったんです。桜吹雪の中を歩く蓮子に、花子は女中のようにカバンを持ってついていく。花子に頑張ってもらわないとヒロインが霞んじゃうと思って、気合いを入れ直しました。

林　途中から、吉田鋼太郎さんが演じる福岡の石炭王・嘉納伝助（モデルは伊藤伝右衛門）も魅力的で、人気が出てきた。「あんないい旦那さんだったら、白蓮は別に逃げる必要がないんじゃないか」って言う声もあったみたいね。

中園　おっしゃる通りで反省しています（笑）。朝ドラは仇役に人気がでるんですが、私は成り上がり好きで、もともと伝右衛門が贔屓《ひいき》だったのが出てしまったのかな。私の両親は九州出身ですが、九州では伝右衛門はとても人気があります。

林　私が別府へ行ったときも「白蓮さんって、男と逃げた悪い人でしょ」って言われました。伝右衛門は女学校をつくったりして、いい人と思われている。

中園　九州では、白蓮は悪女ですよね。ドラマでは伝助に「お前の顔と身分以外、どこを愛せちゅうとか」と言われて（第六十三話）、蓮子はもう無理ってなるところなんだけど、私が伝助好きなせいか、何だかちょっと違う感じになっちゃった。

林　いいじゃん（笑）。私もあんなふうに言われたいよ。あれはすごい愛の告白だと思うけどな。

中園　演じた吉田鋼太郎さんがまた素敵でした。真理子さんのタイプかも。

林　私たち、男性の趣味が似てるからね（笑）。蓮子と伝助が、別れた後にはじめて再会して屋台で酒を飲んでいるシーン（第百十二話）を見て、なんで別れたのかなぁと思ったわ。伝助が去り際に、蓮子のおでこにキスしたし。

中園　あのキスシーンは、私の脚本にはないんです。吉田さんが本番でいきなりやったらしい。だけど、仲間さんは堂々と受けた。さすが肝が据わっています。

林　へぇー、それはすごい。白蓮のご長女の宮崎蕗苳《ふき》さんも「仲間さん、すごい綺麗で本当にいいですねぇ」と喜んでいらっしゃいましたよ。

中園　光栄です。

林　ただ、ちょっと気になったのは、実際の白蓮は、早口だったそうです。私が取材したら、何人も口を揃えて言っていました。

中園　あの喋り方は、仲間さんの役づくりです。仲間さんと演出家で話しあって、華族のお嬢さまたちのなかで蓮子を一際気高く見せるために、ゆっくりとした喋り方にしました。

林　事実にもとづくより、その方が信憑性あるものね。『白蓮れんれん』を書く前、目白の宮崎邸へうかがって手紙を見せてもらったんです。別府に滞在していた白蓮へ宮崎龍介が「これからうかがいます」と打った電報から、白蓮が夫にあてた絶縁状の下書きまで七百通ほどもあった。手紙には、白蓮は龍介との間にできた最初の子どもを堕胎したり、白蓮が思いつめて満州へ逃げようとしたことなどが書いてありました。

中園 林さんが小説で書いてくださったから、白蓮がどうして宮崎龍介（ドラマでは宮本龍一）と駆け落ちしたのか、わかるんです。朝ドラは子どもから年配の方まで見ているから、タブーや制約が多くて描けなかった。そこを『白蓮れんれん』で読んで知ってほしい。

林 朝ドラなのによく許されたなぁと思ったシーンもありました。駆け落ちの翌朝、蓮子が長襦袢を着た、しどけない姿で……（第九十六話）。

中園 脚本では赤い長襦袢とは書いていません。そこは演出家の領域なので。

林 そっか。白蓮が駆け落ちするとき、美輪明宏さんの「愛の讃歌」が流れたでしょ（第九十五話）。あの直後、私の本の注文が殺到したの。

中園 そうなの？　私は朝ドラだけど、美輪さんの「愛の讃歌」の歌詞のように、恋愛の激しさと強さを描かなければ意味がないと思っていました。だから、美輪さんにナレーションをお願いする前から、「愛の讃歌」を挿入歌でかけようと決めていたんです。いまのところ、視聴率は花子の結婚と蓮子の駆け落ちへ向かっていく頃が最高ですね。

林 駆け落ちのシーンを見ていて胸が騒ぎました。じゃ逆に視聴率が一番悪かったのは、いつなの？

中園　ワールドカップと放送時間が重なった回以外では、花子たちが女学校を卒業するとき（第四十二話）でした。

林　ブラックバーン校長のスピーチ「最上のものは過去にあるのではなく将来にあります」は、とってもいい言葉だったのに。

中園　英語がたくさん出てきたから視聴率が落ちたんじゃないか、と分析するスタッフもいます。

林　今回、中園さんは本当に大変だったよね。食事に誘ったりメールしたりすると、いつも「窓のない部屋で、菓子パンを食べています」って返事でした。

中園　うん。真理子さんは「こぴっとやれしい」と甲州弁で励ましてくれて、泣きそうになりました。毎日、プロデューサーや演出家とひたすら作戦会議でした。児童文学の翻訳家の大先生が、果たして朝ドラのヒロインになるのかというところから話しあって、先生の部分ではなく、人間っぽい村岡花子を描きましょうとか、何ケ月もかけて切り口を考えていきました。

林　山梨が舞台なのは嬉しいけど、出てくるのはあの汚い農家だけ（笑）。明治時代の甲府はもうちょっと栄えていたはず。

中園　すいません。あれが限界でした。朝ドラはとても予算が少ないから、セットがつくれなかったんです。

林　だから東京の喫茶店はドミンゴしか出てこなかったんだ。石炭王も龍一も、作家の宇田川先生もみんな集まっちゃう（笑）。なんで同じ場所でやるんだろうと思っていた。

中園　私もそう思って朝ドラを見てたから、こういうことだったのかってよくわかりました。業界用語で「セット縛り」というんです。たとえば電話をかける場面でも、セットは花子の家と蓮子の家しかないから、それ以外の人に電話で話すシーン自体が成立しないんです。こういうのが、あらゆるところに出てくる。花子にとってもう一人の腹心の友だった片山廣子も描きたかったんだけど、「片山家のセットが建ちません」と言われて、諦めたんです。

林　これも聞きたかったんだけど、花子以外の安東家の家族はなんで鼻が真っ黒なの？

中園　演出家が、地方と都会の格差を描くことに力を入れたからですね（笑）。登場人物の恋愛が増えたのも、ロマンチストの加賀田（透）プロデューサーの意向に沿ったものです。

林　それで花子の妹のかよは村岡英治の弟と、ももは画家と恋をするんだ。実際の村岡花子さんの家族はいろいろあったんでしょう。父を好きじゃなかったと花子自身が書いている。

中園　ただ、そう描くと一話目から殺伐としてしまう。ドラマを見て元気になってほしいから、そこは脚色して明るくしました。

林　花子の長男が疫痢で亡くなったとき、白蓮が付き添ってあげていたのは、本当の話なんですね。

中園　はい。生前、花子の長男が「雲の上から神様と一緒に下を見て、おかあちゃまを見つけて」と言っていたというのも、資料に書いてありました。脚本家は視聴率のために泣かせることもあるけれど、長男が死に至るまでの花子の気持ちは脚色しないように、史実に近い形にしたんです。

林 長男を演じた横山歩君も、また可愛くて。

中園 あの子は天才でした。

林 「花子とアン」は、『赤毛のアン』愛読者にピンとくるシーンがあったのも人気の理由でしょう。花子が蓮子に騙されてワインを飲んだ話（第二十話）は、アンがダイアナに間違ってワインを飲ませるシーンを思い出しました。中園さんは『赤毛のアン』が好きなの？

中園 子どもの頃は全然ダメでした。饒舌で明るくて、こういうテンションの人がちょっと苦手で、アンとは友達になれないと思った。ところが、大人になって読み直したら、わかったの。アンは孤児でつらかったから、想像の翼を広げて夢を見ないと生きていけなかったんだって。

林 私は子どものとき、自分はアンに似てるなぁって思ったんだ。アンは女の子なら一度はハマるし、日本人は好きだよね。

中園 村岡花子が翻訳した『赤毛のアン』は一九五二年に出版されました。夢や希望がなければ立ち上がれなかった敗戦後、アンの物語をみんなが求めたんだと思います。「花子とアン」は、クライマックスに向けて、戦争をはじめ、つらい内容が続きます。悲劇が積み重なっていくなか、花子と蓮子がどうやって立ち上がっていくのかを一番書きたかった。絶対に最後まで見届けて欲しいですね。

林　ますます楽しみです。

（「週刊文春」二〇一四年九月十一日号）

『花子とアン』

中園ミホ脚本、二〇一四年三月三十一日～九月二十七日放送の、ＮＨＫの朝の連続テレビ小説。山梨・甲府の貧しい農家に生まれたはなは、十歳で親許を離れ東京のミッションスクールに編入。八歳歳上の葉山蓮子と親友になる。蓮子は九州の石炭王・嘉納伝助のもとに嫁ぐが、帝大生の宮本龍一と駆け落ちして世間を賑わせる。はなは甲府に新米教師として赴任した後、再び上京して出版社で働き、印刷会社の二代目、村岡英治と紆余曲折の後に結婚する。関東大震災、息子の死など、数々の苦難を乗り越え、太平洋戦争の空襲下で、彼女は必死に「アン・オブ・グリン・ゲイブルズ」の翻訳を続けていた……。『赤毛のアン』の翻訳者、村岡花子の半生を原案としたフィクション。

装画　村田善子
装幀　関口信介

初出◎「週刊文春」二〇一四年一月十六日号〜二〇一五年一月一日・八日号

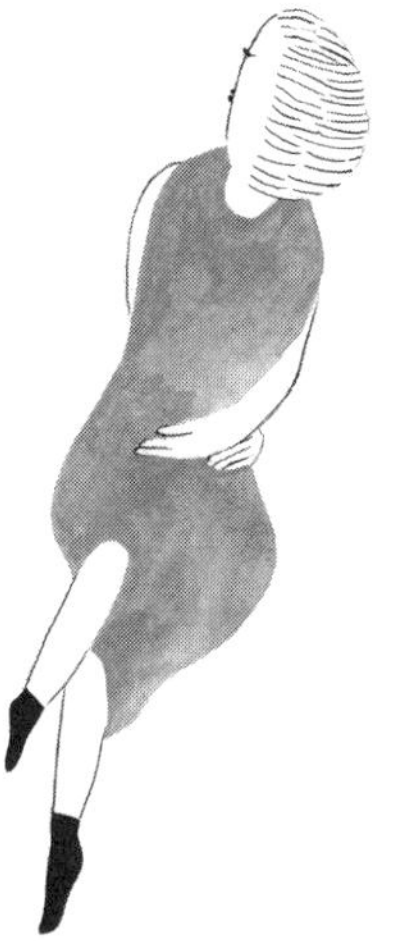

林真理子

1954年山梨県生まれ。日本大学芸術学部を卒業後、コピーライターとして活躍。82年エッセイ集「ルンルンを買っておうちに帰ろう」がベストセラーとなる。86年「最終便に間に合えば」「京都まで」で第94回直木賞を受賞。95年「白蓮れんれん」で第8回柴田錬三郎賞、98年「みんなの秘密」で第32回吉川英治文学賞を受賞。主な著書に「葡萄が目にしみる」「本を読む女」「不機嫌な果実」「美女入門」「本朝金瓶梅」「下流の宴」「六条御息所　源氏がたり」「野心のすすめ」「決意とリボン」「大原御幸」などがあり、現代小説、歴史小説、エッセイと、常に鋭い批評性を持った幅広い作風で活躍している。

マリコ、カンレキ！

二〇一五年三月二十五日　第一刷発行

著　者　林《はやし》真《ま》理《り》子《こ》
発行者　吉安章
発行所　株式会社　文藝春秋
〒一〇二―八〇〇八
東京都千代田区紀尾井町三―二三
電話　〇三―三二六五―一二一一（代）
印刷所　凸版印刷
製本所　加藤製本

Printed in Japan　ISBN 978-4-16-390223-4

文藝春秋・林真理子のエッセイ

来世は女優

写真集撮影（！）でドバイや砂漠のリゾートに行き、盛岡の文士劇で歌い、いつにも増してアクティブでパワフル。全力投球エッセイ第26弾

決意とリボン

「野心のすすめ」、パリ美食ツアーや、バイロイト音楽祭、そして今年のコスプレは「きゃりーぱみゅぱみゅ」に!? 人気エッセイ第27弾

文春文庫・林真理子のエッセイ

「結婚」まで よりぬき80s

三十年続く週刊文春名物エッセイ傑作選。国民的ミーハー魂と抜群の観察力が光る五十余編！ 名作・自身の結婚レポート収録。

「中年」突入！ ときめき90s

「アンアン」ヌード特集から美智子さま、雅子さまの考察、松田聖子の離婚に、自らの出産記まで、90年代を映す傑作エッセイセレクト！

「美」も「才」も うぬぼれ00s

別れない男女の不思議、怒濤の日々が生む名言至言、予言……!?
仕事も遊びもフル稼働して生まれる名言満載のよりぬきエッセイ。